KB136763

버티고 있어도 당신은 슈퍼스타

**일러두기**
※ 이 책은 작가의 문체를 가능한 한 그대로 살렸습니다.

# 버티고 있어도 당신은 슈퍼스타

그만두고 싶지만 그만둘 수 없는

어느 직장인의 젊은 나날 갈팡질팡 준비 에세이

권수호 에세이

드림셀러

# 그만두고 싶다
## 그만둘 수 없다

웅~ 우웅~

듣기 싫은 진동 소리. 눈을 감은 채 손을 휘저어 스마트폰을 집어 들었다. 재빠르게 알람을 끄고 다시 눈을 감았지만 여기서 더 자면 안된다. 휴, 일어나야지. 그토록 오지 않길 바랐던 주말 순삭, 벌써 월요일이다. 말로 표현할 수 없는 이 깨끗하지 못한(=드러운) 기분. 사랑하는 침대와 이별해야 한다는 현실에 눈물이 난다. 여보세요, 저는 아직 마음의 준비가 안 됐어요. (ㅜㅜ) 아아, 회사 가기 싫다. 아아, 그만두고 싶다.

'그만두면 대책은 있고?'

제기랄, 늘 같은 패턴이다. 그만두고 싶다는 마음이 무대 위로 등장하자 아까부터 팔짱을 긴 채 녀석을 바라보고 있던 또 다른 마음이 껄껄 웃으며 말을 건넨다. 웃기고 자빠졌네. 뭐? 그만둬? 그만두면 소는 누가 키워? 돈은 누가 벌 건데? 곤히 잠들어 있는 일곱 살 아들 녀석의 얼굴이 자꾸 눈에 밟힌다. 아아, 회사 가야겠다. 아아, 그만둘 수 없다.

월요일 아침마다 가벼운 발작에 시달리는 평범한 직장인은 오늘도 두 개의 문장을 읊조리며 현관을 나선다.

'그만두고 싶다…. 아니다. 그만둘 수 없다.'

몇 년째 이러고 있는 거냐. 하기 싫은 걸 기어코 해야만 하는 이놈의 현실에 머리가 아파진다. 근데 이거 나만 그런 거 아니지?

딱히 불만은 없다. 회사 말이다. 월급이 좀 적긴 하지만 이건 어딜가도 그렇게 느낄 것이므로 패스하고. 업무가 죽을 만큼 힘들지도 아니할뿐더러 우리 회사에 정신이 헤까닥한 사람이 많은 것도 아닌데, 왜 그런지 모르겠다. 재미도 없고 열정도 없고 애정도 없다. 김빠진 콜라가 되어버린 기분이다. 그러다 보니 15년… 후아, 벌써 그렇게 오래되었나.

가슴이 차갑게 식었다.

시간은 나를 비껴가지 않았다. 늙지 않겠다고 몸부림치던 나를 꼬옥 붙잡고 마흔둘까지 데려온 게 누구십니까? 이상하다. 지나고 보면 엄청 빠른데 막상 하루는 길고 지겹다. 매일 똑같은 일상, 대충대충 흘러가는 날들. 이쯤에서 씨게 한번 묻는다. 거울아, 거울아. 아니, 그 속에 아재요, 당신 지금 뭐 하고 사는 겁니까?

한때 열정으로 가득 찼던 내가 어쩌다 이렇게 되었을까. 앞으로 40년은 더 살아야 하는데. (그 와중에 오래 살고 싶단다.) 이 상태라면 그전에 우울증에 걸려서 먼저 죽겠다. 격하게 그만두고 싶다. 더 늦기 전에 하고 싶은 일을 하면서 행복하게 살고 싶다. 근데 잠깐만, 내가 하고 싶은 게 뭐지? 그런 게 있긴 했었나? 내가 뭘 좋아하더라? 나는 누구지? 당최 아는 게 하나도 없다.

결국, 못 그만두겠다. 그만두기 위한 두 가지 조건은 돈이 많거나 대안이 있거나인데, 나는 둘 다 없다. 총체적 난국이다. 결론을 내리지 못한 채 또 아까운 시간이 흘러간다. 가을이 지나고 겨울이 되면 또 한 살 먹겠지. 그러든 저러든 나는 이 그지 같은 현실을 버티며 하루를 살아간다. 마음속에 불안과 걱정만 잔뜩 심어놓은 채로.

· · ·

세상에는 두 종류의 사람이 있다. 그만둔 사람과 그만두지 못한 사람. 나는 후자다. 되게 슬플 것 같지만 생각보다 외롭지는 않다. 나처럼 '버티기'를 선택한 직장인이 어디 한둘이겠나. 얼핏 둘러봐도 열에 아홉은 그렇지 않을까?…라고 생각하다 문득 궁금해졌다. 계속 이 상태로 갈 수밖에 없다면, 나는 이제 어떻게 살아야 할까? 그리고 나처럼 빡시게 버티며 사는 사람들은? 프로 존버러에게 행복이란 무엇일까. 밤하늘의 별처럼 아무리 손을 뻗어도 닿을 수 없는 것일까. 아니, 우리는 정녕 행복할 수 있을까.

생각을 고쳐먹었다. 세상 어딘가에는 버티면서 행복해지는 방법이 있을 것이다. 눈을 크게 뜨고 찾아봐야겠다고 다짐했다. 그렇게 글을 쓰기 시작했다. 사실 특별한 기술도 잘하는 것도 없는 내가 할 수 있는 거라고는 쓰는 일뿐이었다. 뭐가 되었든 일단 써보자. 하기 싫은 걸 '억지로' 할 수밖에 없는 삶. 의미가 없다면 '억지로라도' 만들어보자. 그래, 인생 뭐 있겠나. 무에서 유를 창조하듯 반복되는 일상을 다시 세밀하게 뜯어보기 시작했다. 그 속에서 의미가 될 만한 것들을 찾아 기록했다. 그렇게 두 권의 책을 출간했다.

마흔에는 잘될 거라던 첫 책의 제목이 현실이 되기에는 조금 더 시간이 필요한 것 같다. 하지만 어떻게 보면 잘되고 있다. 굼벵이보다도 느린 속도지만 돌아보니 그렇다. 꾸준한 기록은 지루하기만 했던 보통의 날을 특별한 하루로 바꿔주었다. 무의미한 삶에 작은 의미가 생겨났다. 잃어버린 줄 알았던 재미를 되찾았다. 무기력한 인생에 링거를 꽂듯 나는 조금씩 행복해졌다.

이 책은 정신 줄을 놓고 살던 40대 평범한 직장인 아빠의 찐 현실 에세이이자 제대로 된 버티기 한판이다. 누가 짰는지도 모를 각본대로 살며 위장병과 우울감에 시달리던 옆집 아재가 삶의 현장 곳곳에 숨겨진 행복 덩어리를 찾아내는 고군분투 정신 수양록인 동시에, 하루

하루 온 힘을 다해 버티고 울고 웃고 또다시 힘을 내며 살아가는 우리 모두의 이야기이기도 하다.

지난 몇 년간의 글쓰기로 삶 전체를 다시 돌아보는 기회를 얻었다. 실로 엄청난 행운이 아닐 수 없다. 그까짓 직장 생활이 삶의 전부가 아님을 깨달았고, 세상 사람 모두가 나를 좋아할 수 없다는 사실도 알았다. 삶은 내가 원하는 대로 흘러가지 않을뿐더러, 평생 좋아하는 일만 하면서 살 수 없다는 것도 조금씩 배워가고 있다. 짜증 날 정도로 마음대로 되지 않는 인생이지만 그런데도 우리는 절대로 불행할 필요가 없다.

그만두지 않아도 행복할 수 있다. 수많은 자기계발서와 강연가들이 '제발 당신이 좋아하는 일을 하세요!'라며 등을 떠밀지만, 그것이 버티기 한판을 시전하고 있는 당신이 잘못되었음을 의미하지는 않는다. 그러니까 우리 눈 한번 크게 떠보자. 가만히 앉아 무기력하게 버티며 에너지만 축내려 하지 말고, 나를 즐겁게 만드는 것들을 찾아보자. 나는 똑똑한 사람도 아니고 훌륭하지도 못해 독자 여러분께 뭘 가르쳐줄 깜냥이 못 되지만, 우울과 불행의 늪에 빠져 있던 내가 죽어가던 일상에 심폐 소생술을 시도했듯 나의 이야기가 당신의 버티기에도 호랑이 기운을 가져다주었으면 한다. 우리는 지금 버티고 있지만, 힘들어할 이유는 1도 없다.

당신에게 행복이 깃들기를. 이 책이 퇴사 대신 버티기를 선택한 모든 직장인에게 한 모금의 에너지 드링크가 된다면 더 바랄 게 없다. 프로 존버러의 삶을 살아가는 나와 당신을 무지막지하게 응원한다.

차례

## 3부  그럼에도 불구하고 그만두고 싶다

## 4부  인생의 네잎클로버

1부 · 나는 그만두지 않기로 했다

## Still
## Fighting
## It

아버지의 고향은 물속에 있다. 할아버지 산소에 갈 때마다 아버지는 충주호를 가리키며 자신이 태어나고 자란 집이 저기 어디쯤이라고 했다. 수몰민이라는 단어조차 생소해진 지금, 어린 시절의 추억을 강물에 담가놓은 채 살아가는 아버지 심정이 어떨지 상상이 안 된다.

아버지는 베트남 전쟁 참전 용사다. 어쩌면 목숨을 잃을 수도 있는 그 무서운 곳에 왜 가셨냐고 물었더니 돌아오는 대답은 (예상외로) 너무 심플했다.

"돈 벌려고."

다행스럽게도 아버지는 군 복무를 마치고 멀쩡히 돌아오셨다. 만약 그렇지 않았다면 내가 이 세상에 존재하지 않았을 테니, 전쟁 통에 무사 귀환하신 아버지가 가끔 아무 이유 없이 고맙다.

아버지는 중졸이다. 살미면 발티고개 산기슭에서 농사를 지으셨던 할아버지는 아버지를 고등학교에 보내지 않았다. 농사꾼의 자식으로 살아야 했던 아버지는 뒷산 너머에 사는 처자와 얼굴 한번 안보고 결혼했다. 나는 그 처자를 줄곧 어머니라고 부른다.

첫째를 낳고 아버지는 시내에 직장을 알아보기 시작했다. 언제까지 농사만 지으며 살 수는 없다고 생각하신 모양이다. 운 좋게 사법서사(지금의 법무사) 사무실에 취직했다. 하지만 가방끈이 짧았던 아버지가 할 수 있는 일은 사무실 청소와 잔심부름뿐이었다. 그렇게 아버지는 악착같이 일하며 어깨너머로 업무를 배웠다.

나의 기억이 잊히지 않은 기억이 될 즈음, 아버지는 사무장이 되어 있었다. 나는 아버지가 원래부터 사무장인 줄 알았다. 그 모습밖에 못 봤으니까. 어머니는 점심시간이 되면 아버지 회사에 밥을 해 갔다. 고봉밥에 펄펄 끓는 된장찌개, 시금치와 콩나물, 빈대떡까지 차려 은 쟁반에 담은 뒤 머리에 이고 아버지 회사까지 15분을 걸었다. 어쨌든 아버지는 꼬박꼬박 집으로 월급을 가져왔고, 덕분에 삼 남매는 궁핍 없이 자랐다.

　IMF가 터지고도 잘 다니던 직장을 갑자기 그만두겠다고 선언했을 때는 내가 제대하기 한 달 전쯤이었다. 아버지는 유일한 상사와 종종 마찰을 빚었고 스트레스를 많이 받은 듯했다. 인내심 갑이었던 아버지가 사표를 던질 정도면 이유가 있을 법도 했지만, 못난 막내아들은 이제 우리 집 망하는 거냐고 징징댔다. 어머니도 아버지를 나무라며 울었다. 애들이 클 때까지 조금 더 참지 왜 그랬냐고. 아버지는 아무 말이 없었다.

퇴사 후 아버지는 '하이리빙'이라는 사업을 시작했다. 처음엔 그게 뭔지 몰랐다. 그런데 이상하게 자꾸 집에 하이리빙 제품이 들어왔다. 샴푸, 세제, 로션, 라면… 등 갖가지 물건으로 좁아터진 창고가 채워질 때쯤 우연히 아버지 책상에 놓인 메모를 읽었다.

"안녕하십니까. 저는 25년간 법무사 사무장으로 근무하다 하이리빙 회원이 된…."

하이리빙이 다단계 사업이라는 걸 알게 된 건 그로부터 꽤 오랜 시간이 흐른 뒤였다. 기왕 하는 거 최고 등급까지 쭉쭉 올라가면 좋았으련만, 아버지는 실버와 골드의 중간 어디쯤에서 사업을 포기했다. 남은 거라곤 창고에 가득 쌓인 생활용품뿐이었다.

그 후 아버지는 얼마 안 되는 남은 재산을 전부 털어 논을 샀다. 세 마지기 정도 되는 논에 벼농사를 지었다. 돈벌이는 되지 않았지만 적어도 자식들에게 '쌀'을 줄 수는 있었다. 덕분에 우리는 밥 걱정만큼은 전혀 하지 않았다.


그러던 사이 자식들은 다 컸다. 큰딸은 먼 곳으로 시집을 갔고, 두 아들은 취직하고 결혼해 각자 가정을 꾸렸다. 이제는 어머니 홀로 아버지 곁을 지킨다. 고향에 내려가면 엄하고 괴팍했던 아버지는 온데간데없고 순한 양이 된 할아버지 한 분이 앉아서 화투를 치고 있다. 어머니는 다 늙고 나서야 사람이 되었다며 웃는다. 예나 지금이나 어머니는 아버지가 좋은가 보다.

팔십을 바라보는 노인의 얼굴을 볼 때마다 내가 보지 못했던 아버지의 인생을 나름대로 그려보려고 애쓴다. 볼 수도 알 수도 없던 아버지의 삶을 끄적거리고 싶은 이유는, 나 역시 누군가의 아버지가 되었기 때문이다.

He is still fighting it(그는 아직도 싸우고 있다).

아버지를 닮은 그도 여전히 힘겨운 사투를 벌이고 있다. 인생은 힘들다. 열심히 노력하고 노력하지만 삶이라는 것은 언제나 원하는 대로 흘러가지 않는다. 그러니까 계속해서 싸워야 한다. 아버지도, 나와 아내도, 일곱 살 아이도 같은 길을 걷게 될 것이다. 무거운 몸을 이끌고 출근길에 나선 지금, 나는 아버지를 생각하며 힘을 낸다. 긴 세월을 버티며 살아온 아버지에게, 그리고 나를 똑 닮은 아이에게 사랑과 미안한 마음을 전한다.

# 나는
# 그만두지 않기로
# 했다

"잘하는 일 할래, 좋아하는 일 할래?"

자기계발을 주제로 하는 책과 강연에 단골로 등장하는 질문이다. 답은 뻔하다. (당연하게도) 좋아하는 일을 하란다. 나도 안다. 좋아하는 일만 하면서 살면 얼마나 좋겠나. 하지만 나는 여기에 반드시 다음 한 가지 질문을 추가하고 싶다.

"연봉이 얼만데요?"

(또는 1년에 얼마 벌 수 있는데요?) ㅋㅋㅋ

그래. 나 속물이다. 그러니까 나에게 돌을 던져라. 근데 있잖아. 당신은 안 그런가? 혼자 사는 사람이야 그렇다 치고… 내가 좋아하는 일 하겠답시고 대책도 없이 그만둔다면 우리 가족은 어떻게 될까. (시간의 차이야 있겠지만) 어찌 되었든 지금보다 힘들어지지 않을까? 그러므로 "당신 마음이 시키는 일을 하십시오"라는 말은 아무한테나 하면 안 된다.

당신의 직업이 '잘하는 일=좋아하는 일'이라면 먼저 축하한다. 그런 당신이 너무나도 부럽다. 이도 저도 아니라면 당장 그만두고 다른 일을 찾으면 된다. 차라리 쉽다. 문제는 무엇을 좋아하는지도 모른 채 어쩌다 보니 지금의 일을 하고 있는 사람이 대부분이라는 거다. 출근하기 싫은 걸 보니 일단 내가 '좋아서' 하는 일은 아닌 거 같은데… 아, 그렇다고 내가 일을 무지하게 잘하는 건 아니고…. (더는 묻지 말아줘요.)

· · ·

회사에 가는 게 죽기보다 싫었던 때가 있었다. 여러 가지 원인이 있었지만 주된 이유는 사람 때문이었다. 나는 인간관계에 서툴렀다. 이기적인 말과 행동으로 다른 이들에게 주었던 상처는 고스란히 내게 돌아왔다. 힘들었다. 속된 말로 내가 진짜 돈만 있었어도 당장 때려치웠다. 하지만 현실은 녹록지 않았다.

자라나는 청춘들에게 할 말은 아니다. 가정을 꾸리고 자녀를 키우는 나처럼, 세상에는 '그만두고 싶어도 그만둘 수 없는' 사람이 있다. 이들에게 가장 중요한 변수는 뭐니 뭐니 해도 머니money다. 어쩔 수 없다. 먹고사니즘(먹고사는 문제)만 보장된다면 당장 회사를 뛰쳐나오지 않을 사람이 몇이나 되겠는가. 느낌상 쥐꼬리만 한 월급에 매달린 채 출근하는 매일 아침이 힘들지만, 먹고살아야 하니 그 끈을 놓아버릴 수 없다. 그러기에 나는 오늘도 보이지 않는 줄을 붙잡고 일터로 향한다.

언제부턴가 '젖은 낙엽'이라는 말을 자주 쓴다. 비에 젖은 플라타너스 낙엽이 바닥에 찰싹 붙어 잘 떨어지지 않는 모습을 버티는 직장인에 비유한 말이다. 직장 생활을 하면서 흔들릴 때마다, 가슴에 품은 사표를 종이로 옮겨 적고 싶을 때마다 나는 젖은 낙엽을 떠올린다. 버티느냐, 그만두느냐. 정답은 없다. 그저 자신의 선택을 후회하지 않고 살면 된다. 나는 젖은 낙엽이 되기로 했다. 용기가 없어서가 아니라 아직 때가 되지 않았기 때문이다.

힘든 시간을 보내며 진지하게 퇴사를 고민했지만 마지막은 언제나 '조금만 더 버티자'였다. 나는 그렇게 젖은 낙엽이 되어 하루를 견뎌냈다. 시간의 힘은 위대했다. 상처는 조금씩 아물었고 나는 다시 힘을 내고 있다. 그때 결심했다. 버텨내겠다고. 이곳에서의 시간이 어떻게 흘러가든, 견디고 또 견디겠다고. 그리고 이제는 새로운 꿈을 꾸고 있다.

쉰이 되기 전에 은퇴라는 걸 하고 싶다. 현재의 업(業)이 종료됨을 의미한다. 그러기 위해서는 월급을 포함해 직장이 주는 모든 혜택을 포기해도 괜찮다는 확신이 있어야 한다. 해야 할 일이 참 많다. 우선 경제적 자립이 필수다. 급여를 받지 않아도 될 수준이 될 때까지 계속해서 자산을 확보하고 불려야 한다. 소비는 물론 투자에도 신경 써야 할 테다.

　가장 중요한 것은, 그때까지 즐겁게 버틸 수 있는 몸과 마음을 만들어야 한다는 점이다. 무조건 건강해야 한다. 스트레스를 줄이고 생산적인 활동에 시간과 노력을 투입해야 한다. 내가 계속해서 글을 쓰는 이유도 같다. 그리고 여기까지 오니 딱 하나의 질문이 남았다. 그래서 하고 싶은 게 뭔데?

자신 있게 키보드를 두드리다가도 이 질문 앞에서는 늘 멈칫하게 된다. 나는 무엇을 원할까? 내가 진심으로 하고 싶은 일은 무엇일까? 이 질문에 대한 답을 구하고 싶다. 답답하고 애매한 날들이 계속된다고 하더라도 괜찮다. 보채지 말자. 천천히, 그리고 조금씩 내 속을 들여다보면서 글을 써보는 거다.

나는 직장인이다. 동시에 남편이자 아빠다. 섣부른 마음으로 사랑하는 가족에게 불편함과 불안함을 주지 않는다. 나는 현재를 버텨내면서 그 속에서 즐거움을 찾고, 한 발짝씩 앞으로 나아갈 것이다. 이것은 내가 감당해야 할 최소한의 의무다.

# 월요병
## 그까이꺼

아직 잊지 않았겠지. 오랜 시간 동안 우리의 일요일 밤을 책임져준 친구 같은 프로그램, 〈개콘〉 말이야. (잘나갈 때는) 하늘을 찌르는 인기 덕에 9시에 시작한다고 해놓고 광고광고광고가 지랄맞게 붙어서 늘 20분이 넘어서야 시작했었지. 첫 코너부터 본방 사수를 위해 온 가족이 TV 앞에 모여 앉아 기다렸어. 그렇게 한 시간 남짓을 정신없이 깔깔거리고 웃다가 '봉숭아학당'이 끝나면 이태선 밴드가 '빠바바바~' 하고 풍악을 울려. 엄청 신나는 로큰롤인데 그걸 보면 급우울해지는 신기한 현상이 발생하지. 왜인 줄은 다 알지? 이제 월요일이잖아. 시간이 흘러 지금은 〈뭉쳐야 찬다〉를 애정하고 있지만 본질은 똑같더라고.

• • •

월요일이 기다려진다면 당신은 레알 축복받은 사람이다. 하지만 물론 나를 포함해 대부분의 직장인은 월요일을 싫어한다. 그냥 싫어하는 단계를 넘어선 이 감정이 어느샌가 '질병'으로 불리기 시작했다. 월요병. 발병 시기는 주로 일요일 저녁부터다. 정도에 따라 일요일 아침에 눈을 뜨자마자 혹은 토요일부터 나타나는 사람도 있다. (이건 중증이다.) 월요병 환자의 공통 증상은 "회사 가기 싫다"라는 말을 입에 달고 살며(자신도 모르게 튀어나온다.) 직장을 생각하는 것만으로 가슴이 답답해지는 공황장애 초기 증상을 겪는다는 점이다. 봉선이 누나의 표현을 빌리자면 그야말로 짜증 지대로다.

나 역시 중증 월요병 환자였다. 회사 생각만 하면 심장이 쿵쾅거리고 식은땀이 흘렀다. 일은 일대로 사람은 사람대로 싫었던 그때. 주말에도 회사 생각이 떠올라 제대로 쉬지 못했다. 걱정과 두려움뿐이었다. 아내가 어디 가자고 해도, 아이가 놀아달라 매달려도 집중할 수가 없었다. 자연스럽게 주말을 망쳤다. 그리고 또 월요일. 생각해보면 정말 위태로웠던 시간이었다.


그만두지 못해 악착같이 버텨내던 시간을 차곡차곡 쌓아가던 즈음, 나는 시나브로 제정신을 찾게 되었다. 캠핑과 여행, 달리기 등 좋아하는 것에 집중하며 내 나름의 방법을 발견한 건지도 모르겠다. 요즘은 아내가 그렇다. 잘 있다가도 회사 얘기만 나오면 한숨부터 쉬더라. 월요병에 고통받던 사람으로서 아내에게 이런저런 얘기를 해봐도 잘 안 먹힌다. 역시 스스로 극복하는 방법뿐인가 보다.

사람은 생각하는 동물이다. 그러나 우리는 생각의 대부분을 걱정으로 채운다. 아무리 두려움과 공포가 인간의 생존 본능이라지만 현대인은 지나치게 지나간 일을 신경 쓰고 앞으로 일어나지도 않을 일을 두려워한다. 적당히 계획하고 준비하는 단계를 넘어 과거와 미래를 몽땅 현재로 가져와 버리는 셈이다. 당장 내가 어떻게 해결할 수도 없는 문제일 텐데. 어쩌면 월요병의 본질도 이와 비슷하지 않을까 싶다. 과거에 대한 후회, 그리고 나타나지 않은 미래에 대한 불안감이 쌓이고 쌓여 병이 되어버린 거다. 그러고 보니 한동안 월요병에 시달렸던 건 순전히 내 탓이었다.

윌리엄 오슬러가 말했다. 인생의 단계마다 과거와 미래를 향해 열린 통로를 철문으로 굳게 닫아버려야 한다고. 그래야만 우리의 '오늘'이 안전해질 수 있다고.

맞다. 과거는 지나간 것이라 어찌할 수 없고 미래는 어떻게 될지 모른다. 결국 내가 컨트롤할 수 있는 건 현재뿐이다. 다시 한번 마음을 다잡아보자. 오늘을 행복하게 보내고 싶으냐? 그렇다면 어제와 내일을 차단해 보라! 비록 내 마음은 아직 단단하지 못해 금속 커튼도 철문도 없지만, 적어도 방충망 정도는 쳐볼 수 있지 않을까?

나는 여전히 약한 사람이다. 월요일이 오는 게 너무나도 싫다. 하지만 그것이 나의 행복한 저녁과 주말을 건드리지 못하도록 노력하겠다고 다짐한다. 유전자에 박혀 있는 생존 본능이 자꾸만 '걱정하고 염려하고 두려워하라!'라고 말하지만 이제 나는 조금 더 굳세게 살아볼 테다. 옛날에 누가 그랬다. 내일이 무슨 짓을 한다 해도 나는 오늘을 살겠노라고. 그러니까 너도 쫄지 마, 짜샤!

# 지랄맞게,
# 무기력증

화요병(火曜病).

화요일 아침에 나타나는 병. 월요일 아침에 느끼는 권태감이나 무력감(=월요병)에 대비되는 개념으로, 이미 하루 회사에 다녀왔는데도 적응하지 못하고 끝없이 우울감에 빠지는 현상을 말한다. 생체리듬과는 무관하게 직장 스트레스와 퇴사 욕구가 지속될 때 주로 발현된다. 월요병보다 무기력감과 피로감, 의욕 저하 등의 증상이 훨씬 더 심각하다는 특징이 있다. (출처 : 내가 만들었음.)

일어나기 싫어 발버둥을 쳤다. 스마트폰 진동이 울리자 0.1초 만에 중지 버튼을 눌렀다. 알람을 10분 연장했는데 아내가 들어와 나를 깨운다. 괜히 짜증을 냈다.

"여보~ 제발! 나 조금만 있다가 일어날 거야…."

이불 속에서 머리가 바쁘게 움직인다.

'회사 가지 말까? 아이가 아프다고 하면 안 되려나?'

거짓부렁이 핑계를 대며 연차라도 내고 싶은 심정이다. 일어나기 싫다. 출근하기 싫다. 아, 진짜 다 싫다고!

사실 엊저녁부터 극심한 피로감에 시달렸다. 특별히 바쁜 것도 없이 기운이 쭉 빠졌다. 퇴근길 운전대를 잡은 채 이 정도면 눈만 감아도 잠들 수 있겠다는 미친 생각을 했다. 그만큼 몸 상태가 말이 아니었다. 저녁을 먹은 뒤 대충 씻고 침대에 누우려던 찰나 아이가 쫄래쫄래 오더니 보드게임을 같이 하잔다. '아들, 미안한데 아빠가 오늘 너무 피곤해. 내일 해줄게'라는 말이 목구멍까지 올라왔다가 간신히 들어간다. 8시간이나 잤지만 상태가 영 별로다. 다시 눈을 끔뻑거리며 생각했다.

'이건 몸의 병인가, 마음의 병인가?'

백 번 생각해도 둘 다 맞다. 나는 요즘, 몸도 마음도 정상이 아니다.


아침을 먹지 않은 지 얼마나 되었을까. 군 제대 이후로 정확한 시점이 기억나지 않는다. 종종 점심까지 거르고 저녁에 폭식했다. 거기에다 코로나 이후로 규칙적인 운동도 안 해, 목 디스크까지 겹쳐 잠도 제대로 못 자, 이러니 피곤하지 않을 수가 없다. 몸 상태가 이따구인 건 누구 때문인가. (나 때문이다.)

이렇게 피곤한 상태로 '하기 싫은 것'을 할 때가 제일 위험하다. 몇 년 만에 '무기력'이라는 불청객이 내 마음을 덮쳤다. 이번에는 그야말로 쩐이다. 다른 데 볼 것도 없이 녹색 창에 나오는 무기력증의 증상이 지금 내 상태와 완벽하게 일치한다.

<u>무기력증의 주요 증상</u> (독자 여러분도 체크해 보시라.)

☐ 자발적으로 행동하지 않는다.

☐ 나는 뭘 해도 안 된다고 생각한다.

☐ 요즘 몸이 자꾸 아프다.

☐ 식욕이 지나치게 높거나, 반대로 입맛이 별로 없다.

☐ 피로감을 많이 느낀다.

☐ 사람을 만나기가 싫다.

☐ 자꾸만 마음이 조급하고 예민해진다.


특히 회사에서 그렇다. 자발적으로 할 수 있는 게 없다 보니 시키는 일만 기계적으로 해대는 내 모습을 자주 발견한다. 괜찮다고 아무리 외쳐도 마음속에서 끊임없이 부정적인 감정이 휘몰아친다. 코로나 핑계로 사람들과의 교류도 적어지고, 그냥 피곤하고, 언제까지 이 짓을 해야 하나 마음만 조급해지고… 이것 참 무기력의 끝장을 볼 것만 같은 아침이다.

안 되겠다. 일단 이 상황에서 벗어나야겠다. 부정적인 감정이 끝도 없이 이어지는, 이 지옥의 구렁텅이에서 빠져나오지 않으면 나는 우울증에 걸려버릴지도 모른다. 그렇게 되면 우리 가족은? 내 새끼는? 인마, 잘 생각해. 아빠의 축 처진 어깨를 보고 애가 무슨 생각을 하겠어? 아아. 나는 외로워도 슬퍼도 울면 안 되는 사람인가 보다. 그러다 이런 생각이 불쑥 떠올랐다.

가만있어 보자. 내가 왜 우울해야 하지? 도대체 왜 이런 무기력을 느껴야 하지? 몸이 안 좋아서? 회사 일이 마음에 안 들어서? 아니야. 사실 그럴 이유가 하나도 없어. 너는 그냥 피곤했을 뿐이고, 하고 싶은 일을 하지 못해서 조금 짜증이 났을 뿐이야. 그깟 일로 기운이 쭉 빠져버린 셀리히만의 개(학습된 무기력에 대한 과학자 셀리히만의 실험에서 따왔다)가 될 필요는 없단 말이기도 해. 따지고 보니 그렇다. 내가 우울하고 무기력할 이유는 어디에도 없다. 그저 다시 정신을 차리면 된다.

회사에 도착하자마자 자리에 가방을 던지고 밖으로 나갔다. 인근 식당으로 가서 백반을 주문했다. 뼛속까지 시원해지는 김칫국에 흰쌀밥을 홀홀 말아 먹었다. 명태전과 시금치를 씹어 먹으며 내 몸과 마음에도 호랑이 기운이 솟아나길 기도했다.

힘내 인마! 이보다 더한 것도 잘 이겨내왔잖아! 네가 얼마나 멋지고 강한 사람인지, 절대로 잊지 말아라…. (잠시 자뻑 중…)

업무 시간이 다 되어간다. 회사 엘리베이터가 사람들로 붐빈다. 평소와는 다르게 계단을 택했다. 10층을 넘어가니 심장이 요동친다. 가슴이 터질 것 같다. 그래, 잠시 잊고 있었다. 여전히 내 안에는 시뻘건 피가 꿈틀거린다는 것을.

※ 한 줄 요약 : 아침을 먹자.

# 침을
## 삼키지 말랬더니
### 그만

한 달 전에 교통사고를 당했다. 여전히 목과 어깨, 허리에 통증이 있다. 원래부터 안 좋았던 게 사고 후에 더 심해진 느낌. 몸이 아픈 것도, 점심시간을 아껴 통원 치료를 받아야 하는 것도 사고가 안 났으면 없었을 일이라 생각하니 기분이 참 그지 같다. 신호를 위반해 내 차를 꼬라박고 사과도 없이 떠나신 님아. 당신 때문에 나는 이렇게 개고생 중이라고요.

오늘은 MRI를 찍는 날이다. 벌써 두 번째 검사다. 저번에는 목, 오늘은 허리… 그러고 보니 목을 찍을 때 힘들었던 생각이 난다. 가만히 누워 귀마개를 꽂고 통에 들어가 있으면 되는데 뭐가 어렵냐고? 그렇다면 이렇게 답하겠다. 의사 선생님이 엄청난 걸 시켰단 말이다!

선생님은 검사 전 주의 사항으로 딱 두 가지를 얘기해주셨다. 움직이지 말 것. 그리고 기계 작동 시(소리가 날 때)에는 침을 삼키지 말 것. 응? 잠깐. 어떻게 침을 안 삼키지? 차라리 그 말을 듣지 말았어야 했다. '윙~' 하는 소리와 함께 통 속으로 들어가고 나서야 알게 됐다. 고난의 시간이 시작됐다는 것을.

침… 침이 고인다. (ㅜㅜ)

후아… 어떡하지? 꿀떡 삼키고 싶은 마음뿐이다. 목은 왜 이렇게 답답한지, 돌아버리겠다. 내 침샘이 이렇게 열심히 일한 적이 있었던가? 검사가 진행되는 동안 나는 파블로프의 강아지가 된 것처럼 침을 질질거렸다. 입속은 빗물이 모여 저수지를 메우듯(이 표현을 쓰게 될 줄은 몰랐다) 침으로 채워지고 있다. 미치도록 삼켜버리고 싶다.

*끄윽… 끅… 꺼억….*

고통의 한복판에서 MRI 기계 소리가 멈췄다. 때가 왔도다. 꿀~꺽! 더럽지만 어쩔 수 없다. 그리고 반복되는 인고의 시간. 나중에는 요령이 생겨 입안에 잔뜩 침을 모아놓았다가 소리가 멈추면 한 번에 삼켰다. 그렇게 검사가 끝났다. 어휴. 큰일 날 뻔했다. MRI 검사가 이렇게 힘든 건지 몰랐다. 침 참는 고통이라니, 살다 살다 처음이다. 별일이 다 있구만.

그에 반해 오늘 허리 검사는 너무나도(×100) 수월했다. 마음껏 침을 삼켜도 된단다. 그런데 침은커녕 아무것도 생각이 안 난다. 신경 쓸 게 없어서 그런가? 세상 바쁘게 일하던 내 침샘이 오늘은 개점휴업이다. 관심을 끊었더니 침도 조용한 걸까. 그것 참 신기한 노릇이다.

검사를 마치고 나오며 생각했다. 침을 삼키지 말아야 한다는 생각이 자꾸만 침샘을 자극해 더 고통스러웠던 경험처럼, 어쩌면 나는 신경 쓰지 않아도 될 것에 지나치게 집착하며 살지 않았을까. 별것도 아닌 실수, 쓸데없는 걱정과 불안, 이제는 결코 돌이킬 수 없는 과거를 자꾸만 떠올리며 현재를 갉아먹고 있었던 건 아니었을까.

아주 오래전의 일이다. 보고서 오탈자 하나에 상사에게 지적을 당하고 기분이 상했던 기억이 있다. 그게 그렇게 화낼 일이었나 싶을 정도로 자존심에 스크래치가 났다. 문제는 내가 계속해서 그 상황을 떠올리며 왜 그랬지, 왜 그랬지 마음을 쓰고 있었다는 것이다. 심지어 지금까지도.

이미 지난 일이 되어버렸기에, 그래서 결코 돌이킬 수 없는 시간을 지금으로 가져와 후회를 거듭하는 것도 마찬가지. 그때로 돌아가지도 못할 거면서 나는 왜 그렇게 과거에 매달려 있었을까. 예민함을 넘어 정신줄까지 놓아버릴 지경이다. 아아, 신경 끄기의 기술을 단번에 가르쳐주는 과정이 있다면 돈을 주고라도 배우고 싶다.

검사를 마치고 결과지를 받아 들었다. (뭐라 뭐라 쓰여 있지만 무슨 뜻인지 모름.) 여전히 나는 모자란 사람이지만 두 번의 검사로 어렴풋이나마 느낄 수 있었다. 어쩌면 내가 겪은 힘듦은 과민성 마음증후군이 만들어낸 허상이었을지도 모르겠다고. 그러니까 이제 신경 끌 것들은 제대로 꺼놓고 살자고. 쓸데없이 걱정해봤자 나만 피곤할 테니까.

## 노란 고무줄 :
## 디폴트와 리미트

매일 글을 쓰겠다고 (스스로) 약속해 놓고 며칠간 쓰지 못했다. 비겁한 변명이지만 바빴다. 주말에 캠핑을 떠나려다 생각보다 날이 춥고 바람이 강해서 포기했다. 펑크 난 일정을 어떻게 채울까 고민하다 오랜만에 처가에 다녀왔다. 동네 커피숍에 가서라도 글을 써야지 마음먹고 노트북을 챙겨갔는데, 마침 출판사에서 책 교정 요청이 왔다. 다음 주까지 보내달라는 부탁과 함께. 노트북 안 챙겼으면 큰일 날 뻔했네.

다시 발등에 불이 떨어졌다. 덕분에 며칠간 막바지 교정에 매달렸다. 내가 쓴 글을 읽고 수정하고 또 읽고 고치는, 어찌 보면 꽤 지루한 작업이다. 예전에 어느 유명한 분이 조사 하나를 가지고 몇 날 며칠을 고민했다는 일화만큼은 아니지만, 퇴고(교정)는 그 자체로 인고의 시간임이 분명하다. 하여간 여행 일정에 교정까지 겹쳐 도무지 글을 쓸 시간이 없었다는, 세상에서 제일 예쁜 꽃(자기합리花)을 피워봤다. (비겁하다!)

그와는 별개로 나는 다시 개미지옥에 빠져 있다. 캠핑 시즌을 맞아 차박 텐트를 바꿨고, 야전침대를 새로 주문했다. 요즘 유행이라는 원형 화로대도 질렀다. 이것 참 끝이 없다. 조금만 더 사면 살림 하나 더 차려도 되겠다는 아내의 말이 진짜가 될까 봐 두렵다. 알았어 여보. 인제 그만 살게.

처가에 다녀오니 집에 반가운 손님이 와 있다. 떠나기 전에 주문해놓은 야전침대가 나를 보며 주인님 오셨냐고 묻는다. 신난다. 곧바로 뜯어 제품 검수에 들어갔다. 폴대를 묶어놓은 고무줄이 무척 빡빡하다. 풀려고 잡아당기는데 툭 하고 끊어져버렸다. 어라, 내가 힘을 너무 세게 줬나. 바닥에 널브러진 고무줄을 보고 있자니 문득 서글픈 마음이 든다.

　끊어진 고무줄 하나에 감정이 복잡다단하다. (왜 이러니.) 고무줄의 특성은 모두가 알다시피 탄성력이다. 잡아당기면 늘어나고, 놓으면 다시 원 상태로 돌아온다. 그런데 계속 잡아당기다가 허용 범위를 넘겨 끊어지면 다시는 못 쓴다. 힘을 주어 당겼을 때 원래대로 돌아가려는 속성은 고무줄의 기본값(디폴트)이요, 당김을 감당할 수 있는 범위에서만 제 역할을 하는 속성은 고무줄의 한계치(리미트)다.

한동안 매일 글을 썼다. 어느 정도 글쓰기 근육이 붙었다고 생각했는데, 며칠 쉬었더니 예전으로 돌아가는 건 순식간이다. '쓰지 않는 날'이 계속될수록 (물론 원고 교정을 보긴 했지만) 점점 '쓰지 않아도 된다'고 생각하는 나를 보게 됐다. 노란 고무줄처럼, 나는 시나브로 내 디폴트로 돌아가고 있었다. 짐작하셨다시피 나의 디폴트는 '눈앞의 편안함 그리고 게으름'일 테다.

고무줄을 잡아당겼던 손을 잠깐 놓았을 뿐인데, 번개 같이 제자리로 돌아가려고 한다.

'괜찮아. 매일 쓰지 않아도. 글쓰기가 밥 먹여주는 것도 아니잖아.'

마음속에서는 끊임없이 유혹의 소리가 들려온다.

널브러진 고무줄 조각을 보며 현재의 나를 다시금 돌아보게 되었다. 디폴트와 리미트의 경계 어디에서 살아가고 있을, 나는 지금 어떤 상태인가? 내가 바라는 '삶의 밸런스'를 위해 적당한 강도로 나 자신을 당기고 있는가? 내가 감당할 수 있는 긴장을 유지하고 있는가? 게으름에 빠져 제자리로 돌아가고 있지는 않은가? 행여나 지나침 때문에 챙겨야 할 다른 것들을 놓치고 있는 것은 아닌가?

(장인어른 책상에서 교정 작업 중⋯)


"아빠, 앞에 놀이터 가기로 했잖아."

"어? 맞다. 그랬지. 잠깐만 기다려줘. 아빠 이것만 하고."

"힝~ 빨리 가자. 심심해."

"아, 쫌만 있어봐. 금방 끝나."

"아까도 금방 끝난다며."

"… (노트북을 덮으며) 그래! 가자!"

할 게 많은 나이. 어느 것 하나 허투루 할 수 없는 나이. 그래서 참 좋은 나이.

마흔둘의 아름다운 날이 이렇게 지나가고 있다. 리미트를 넘지 않는 범위에서 적당히 당기고, 필요할 땐 디폴트로 가지 않을 정도로만 느슨해지고, 절대로 끊어지지 않고 살아갈 것. 그래도 괜찮으니까. 노란 고무줄이 내게 준 교훈이다.

# 걍!
# 내비 둬!

나는 주름이 많다. 특히 이마 주름이 굉장히 선명하다. 눈을 추켜올리면 지렁이 세 마리가 나란히 기어가고 있다. 어릴 적부터 그랬기에 고향 친구들은 줄곧 나를 '어르신'이라고 불렀다. 녀석들 말에 따르면 중학교 3학년 때 얼굴이 지금과 비슷하다나? (자네들 이건 좀 심하지 않은가.) 하여간 노안이었던 아이는 어느새 자라 마흔이 넘었고, 10대 때 얼굴을 그대로 계승하는 데 성공한 나는 요즘 딱 내 나이처럼 보인다. 25년 만에 제 나이를 찾은 건가? 하하. 그렇다면 이제 동안으로 불릴 일만 남았다오. 믿거나 말거나.

그나마 다행인 것은 주름 빼고는 피부 상태가 나쁘지 않다는 점이다. 사춘기 시절 친구들의 얼굴이 울긋불긋 꽃 대궐 차리인 동네가 되었을 때도 나는 여드름 하나 없었다. 가끔 뾰루지가 올라오긴 했지만 감당할 수 있는 수준이었고 대학과 군대를 거쳐 지금에 이르기까지 특별히 피부 관리를 한 적이 없었으니, 어쨌든 축복이라면 축복일 테다.

하지만 늘 백옥 같은(사실은 쭈글쭈글한 구릿빛) 피부를 유지할 수는 없었다. 내 얼굴에도 (성인) 여드름이 올라오기도 하고, 입술이나 콧구멍에 포진이 생기기도 했다. (이건 좀 아프다.) 그럴 때마다 늘 같은 행동을 반복하고 후회했으니… 사건의 전말은 이렇다.

이마에 여드름이 하나 생겼다. (뾰루지와 같은 기타 유사한 표현이 있지만 이해하기 쉽게 여드름으로 통일하자.) 다들 아시겠지만 이것들은 올라오기 전에 항상 어떤 징조가 있다. 세수하거나 얼굴을 만질 때 속에서 뭔가 꾸물거리는 게 느껴진다. 그런데 참으로 이상하다. 도대체 왜! 이 꾸물대는 놈을 그대로 내버려 두지 못할꼬?

　손이 가요 손이 가. 여드름에 손이 가요. (광고 아님.) 저절로 손이 간다. 만지작, 만지작, 만지작…. 그러다 보면 이 여드름 덩어리에 온 말초신경이 쏠린다. 만질수록 점점 커지는 것 같다. 느낌도 별로야. 안 되겠어. 계속 거치적거리니 얼른 짜내야겠다.

　두 손을 위로, 검지를 곧게 펴 힘을 빡!!!!

　아… 안 나온다. 아프기만 하잖아. (ㅜㅜ)

　경험상 여드름은 딱 두 종류다. 짰을 때 후딱 나오는 녀석과 곧 죽어도 안 나오는 녀석. 당연히 전자가 낫다. 알맹이만 톡 빼내면 끝이다. 흉터도 없다. 짜낼 때의 성취감도 좋다. (ㅋㅋ) 반대로 후자는 아주 지랄이다. 위 아래 위위 아래 집게손가락 신공을 펼쳐보지만 꾸물거리는 '그것'은 도통 나올 생각을 않는다. 그러는 사이 피부는 벌겋게 붓어났다.

거기서 멈췄어야 했다. 여드름과 싸움이 시작됐다. 위아래로 누르다 안 되니 손가락 위치를 바꿔 좌우에서 밀기 기술을 구사하며 여드름을 공격했다. 아오! 왜 이렇게 안 나와? 그러기를 여러 번. 푹, 쭉, 찍… 맙소사. 나오라는 놈은 안 나오고 뻘건 피만 나온다. (ㅜㅜ) 아프다. 너무 아프다.

　잠깐만, 나는 왜 여드름을 짜려고 했던 거지? 왜 그냥 두지 못했을까. 시간이 지나면 저절로 없어질 텐데 말이다. 가만히 있는 놈 괜히 건드렸다. 순간의 욕구(사실 이 욕구가 뭔지도 모르겠지만)를 참지 못해 이 사달이 났다. 손대지 말걸. 후회해도 이미 늦었다. 이마 한가운데에 상처뿐인 영광의 흔적이 거대하게 자리 잡고 있다. 짜기 전보다 훨씬 더 큰 동그라미가 아주 그냥 눈에 쏙 들어온다. 제기랄, 망했어….

비단 내 얼굴의 여드름뿐만이 아닐 테다. 세상의 많은 일이 그렇다. 내버려 두면 그냥 자연스럽게 흘러갈 것을 굳이 건드려 더 큰 문제가 생긴다. 운전하다 보면 가끔 보는 현상인데, 정체 구간도 아닌 곳에서 방향 지시등을 켜고 천천히 들어오는 차에 대고 요란하게 경적을 울려대는 사람이 있다. (예전에 나도 그랬을까 반성을….) 그걸로 끝나는 줄 알았는데 끼어든 차도 화가 났는지 창문을 내리고 욕을 한다. 급기야 큰 싸움으로 번진다. 처음부터 서로 양보하고 지나쳤으면 아무 일도 없었을 텐데. 찰나의 분노를 참지 못해 '개싸움'이

난다. 상처만 남을 뿐이다.

문제가 생기면 당연히 해결해야 한다. 하지만 어떤 문제는 가만히 두는 게 더 좋은 해결책일 수도 있다. '긁어 부스럼'이라는 말처럼, 아무렇지도 않은 일을 괜스레 건드려 더 큰 문제로 만들지 말아야겠다. 그러니까 중요한 것은, 그 '아무렇지도 않은 일'을 정말로 아무렇지도 않게 받아들일 수 있는 마음의 힘이 아닐까.

별것도 아닌 일에 죽자고 달려들지 말자. 자연스럽게, 흘러가는 대로 두어도 괜찮다. 그래서 그런 걸까, 요즘 꽂힌 문장 하나가 유난히도 머릿속에 박힌다.

Let it be. '걍' 내비 둬. 괜찮으니까.

# 비보호 좌회전을 우습게 보지 마라

"왜 이렇게 안 가는 거야?"

출근길, 교차로에 서 있던 차들이 요란하게 경적을 울려댔다. 이곳은 비보호 겸용 좌회전 신호가 있는 교차로. 지금 좌회전을 해도 되는 상황인데 맨 앞에 서 있는 차가 도통 움직이지 않는다. 급기야 몇몇은 추월해서 좌회전해버리고, 어떤 이는 창문을 내리고 눈을 흘긴다. 이유야 있겠지만 바쁜 출근 시간이니 사람들이 답답해하는 것도 이해가 된다. 성격 급한 나 또한 결국 차선을 바꿔 앞지르기했다.

비보호 좌회전은 말 그대로 '보호받지 못하는' 좌회전이다. 직진 신호 때만 가능하고 별도의 신호가 없다. 결국 조심해서 가는 수밖에 없는데, 그게 무섭다고 가만히 서 있으면 정체가 생긴다. 의도야 어쨌든 다른 사람에게 피해를 주는 꼴이다.

다음 날. 그 교차로의 맨 앞에 섰다. 직진 신호가 떨어지고 맞은편에는 차가 없다. 지금 가면 된다. 핸들을 돌리며 액셀러레이터를 밟는 순간 어둠 속에서 자전거 한 대가 빠른 속도로 튀어나왔다. 급정지.

하마터면 사고를 낼 뻔했다. 좌회전하기까지 그렇게나 많은 것을 확인했음에도 차를 움직여 나간 것은 결코 좋은 선택이 아니었다.

비보호 좌회전 구역에서 사고가 나면 대부분 좌회전을 한 운전자의 과실이다. 그렇기 때문에 '비보호'라는 말을 쓰는지도 모르겠다. 운전자를 보호해주지 못하기 때문에.

요즘의 내가 매일매일 비보호 좌회전을 하는 것처럼 느껴졌던 것도 이런 이유였을까?

보호를 받던 어린이는 어느새 나이를 먹어 보호자의 삶을 살고 있다. 가장으로, 남편으로, 한 아이의 아빠로. 이제는 누구도 팔을 걷어붙이고 나를 보호해주지 않는다. 수많은 선택의 기로 앞에서 마치 비보호 좌회전을 하듯 자신을 살펴야 하고, 스스로 움직여야 하며, 책임을 져야 한다.

나이를 먹을수록 고려할 게 많아진다. 하나를 선택하려면 다른 하나를 포기해야 한다. 그래서 이것이 옳은 선택인지 도무지 알 수가 없다. 마흔이 되면 세상일에 정신을 빼앗겨 판단을 흐리는 일이 없다[불혹(不惑)]던데, 나에게는 왜 이렇게 어려운 일이 되었을까.

나는 잘 살아가고 있는가?

인생은 선택의 연속이다. 인생이라는 길에 마주한 교차로에서 상황을 적확하게 바라보고 올바른 판단을 내리는 사람이었으면 좋겠다. 비보호 좌회전처럼 어려운 상황에 봉착하더라도 말이다. 신호등 하나 없는 인생의 교차로 앞에서 42년 묵은 이놈의 자동차는 오늘도 어느 쪽으로 가야 할지 끊임없이 고민하고 있다.

# 사이좋은
## 사람들,
## 싸이월드

18년 전, 길게만 느껴졌던 군 생활을 마치고 고향으로 돌아왔을 때 대한민국에는 싸이월드의 광풍이 몰아치고 있었다. 사회에 나와 보니 친구들은 모두 자신의 미니 홈피를 가지고 있단다. 그게 뭐지? 도토리가 뭔지 몰라 바보 취급을 받던 가슴 아픈 기억이….

한시라도 빨리 사회에 적응하고팠던 예비역은 동네 피시방으로 달려가 곧장 미니 홈피를 만들었다. 2만 원이 채 되지 않았던 마지막 월급으로 도토리를 샀다. 좋아하는 이문세의 노래로 BGM을 설정하고 멋진 스킨도 입혔다. 내가 이런 데 돈을 쓰다니! 살아 보니 그때 싸이월드만큼 핫hot했던 플랫폼은 없었다. 지금으로 치면 페이스북과 인스타그램, 카카오스토리를 모두 합친 것보다 더 뜨거웠으니까.

'SNS'라는 단어조차 없던 시절. 우리는 그렇게 만나고, 교류하고, 소통했다. 유명한 사람들의 미니 홈피는 방문자 수가 폭발했고, 나역시 그들처럼 인기 있는 사람으로 보이고 싶어 로그인과 로그아웃을 반복했다. (방문자 수를 늘리고 싶어 환장한 몇몇 '덕후'들만 알고 있던 비밀이다.) 하지만 스마트폰이 대중화되면서 싸이월드는 서서히 내리막길로 접어들었다. 그래도 10년에 가까운 시간을 싸이월드와 보낸 셈이다. 시들시들해진 인기와 함께 일이 바쁘다는 핑계로 거의 들어가보지 못했다.

그랬던 싸이월드가 폐쇄된다는 소식을 접했다. 서버가 막힐 예정이니 미니 홈피 안에 있는 사진을 미리 백업해 두라는 내용이었다. 어라. 나도 거기에 사진이 꽤 많은데. 괜히 날아가면 아까우니 들어가서 저장해놓아야겠다. 가만있어 보자. 아이디가 뭐였더라? 비밀번호는? 몇 번의 시행착오 끝에 어찌어찌 로그인에 성공했다. 프로그램이 돌아가자 노트북에 다운로드 폴더가 생겼고, 그 안에 차곡차곡 사진이 담겼다.

(사진 보는 중)

푸하하하. 맞네. 이런 적이 있었지. 사진을 하나씩 클릭했다. 어리바리 복학생, 불합격 전문 고시생, 프로 면접러를 거쳐 지금의 직장에 입사하기까지. 나의 찬란하고 부끄러웠던 20대의 기록이 마치 박물관에 소장된 유물과도 같이 전시되어 있었다. 가족, 친구, 학교 선후배들…. 이들의 얼굴을 보며 그때의 기억을 떠올렸다.

그러다 문득 아쉬운 마음이 들었다. 나와 함께 웃는 얼굴로 출연해준 수많은 사람 중에서, 한때는 어깨동무하고 사진을 찍을 만큼 친했지만 지금은 그다지 편치 않은 관계가 되어버린 이들도 여럿 보였기 때문이다. 적어도 그때만큼은 아주 좋았는데. 왜 이렇게 되어 버렸을까. 한때는 내가 좋아했던, 친하다고 생각했던 사람과 멀어졌다고 생각하니 기분이 썩 좋지 않았다.

돌이켜보니 그랬다. 나는 많이 부족한 사람이었다. 사진 속 즐거운 모습과 좋았던 사이를 이어가지 못했다. 이유는 단 하나. 나의 이기심 때문이었다. 언제나 욕심이 앞섰고, 내가 먼저였으며, 남의 이야기에 귀 기울이기보다 내 얘기만 하길 좋아했던 못난 꼰대. 그것이 내 모습이었다. 진심으로 사람을 대하지 못하고 늘 계산을 했으며, 그들에게 어느 것 하나 주지 못하고 받기만 했으니 지금 관계가 소원해진 것은 전부 내 탓일지도 모른다.

싸이월드 사진을 하나씩 열어보면서 인간관계에 대해 다시금 돌아보게 되었다. 나로 인해 크고 작은 상처를 받았을 많은 이들에게 사과의 마음이 전해지기를. 그리고 앞으로 만나는 사람들에게는 이기심을 줄이고 정성을 다할 수 있게 되기를. 꼬장꼬장했던 젊은 날의 꼰대가 지금의 내게 해주는 진심 어린 충고다.

## 눈사람을
## 만든
## 꼬마에게

새벽 6시. 곤히 잠든 아이의 발에 양말을 신긴다. 신생아 때부터 쓰던 아기 띠에 가까스로 아이를 앉히고 버클로 고정해 패딩 점퍼를 뒤집어씌운다. 나는 출근 가방과 아이의 짐을, 아내는 가슴팍에 잠든 아이를 메고 집을 나선다.

목적지는 옆 단지에 있는 이모네 집. 육아를 위해 이쪽으로 이사했다. 같은 아파트 같은 라인으로 집을 구하지 못한 덕에 매일 아침 이렇게 고생 아닌 고생을 하고 있다. 나도 힘들지만 몸도 안 좋은 아내가 걱정이다.

요즘같이 추운 날에는 일찌감치 내려와 시동을 걸어놓아야 한다. 지하 주차장에서 차를 끌고 나와 아파트 현관 앞에 정차해놓고 다시 집으로 올라가 출근 준비를 이어간다. 그렇게 세 식구의 하루가 시작됐다.

공기가 무척 차다. 하얀 눈밭 군데군데 얼음이 얼었다. 미끄러질세라 아이를 안고 있는 아내의 손을 꼭 잡는다. 차 문을 여닫고 천천히 액셀러레이터를 밟았다. 짧은 거리지만 이런 날씨에 아이를 메고 걸어가는 건 무리다. 이렇게라도 해야 조금이라도 서로가 덜 힘들 테다.

아내는 얼마 전 수술을 했다. 회복한 지도 얼마 되지 않았는데, 회사 복귀 후에 스트레스를 많이 받는 것 같다. 새로 바뀐 부서의 업무가 본인과 잘 맞지 않는단다. 곧 적응하겠지 하다가도 출근길 표정이 여전히 안 좋다. 몸도 마음도 이래저래 힘든 아침이다.

이모네 아파트에 도착했다. 아내는 아이를 안은 채 가방을 들고 종종걸음으로 들어간다. 아이와 함께 사라지는 그녀의 뒷모습이 짠하다. 아쉬움과 한숨의 감정이 적절히 섞여 내 마음을 무겁게 만든다. 새벽부터 고생하는 아내, 그리고 잠에서 깨기도 전에 이모 집에 맡겨져야 하는 아이에 대한 미안함 때문이리라. 조금만 더 고생하면 나아질 것도 같은데 그 조금만이 몇 년째 계속되는 것만 같아 씁쓸하다. 이내 차를 돌려 아내를 기다렸다.

· · ·

그렇게 아내와 아이가 사라진 출입문을 응시하던 중, 갑자기 계단 옆쪽에 하얀색 동그라미가 눈에 들어왔다. 두 개의 둥그런 눈덩이. 와, 이게 얼마 만에 보는 눈사람인가. 어제저녁 내린 함박눈 틈에 여기 사는 누군가 만들었나 보다. 그런데 이 눈사람, 자세히 보니 정말 잘 만들었다. 눈사람 전시회가 있다면 1등 감이다. 눈, 코, 입, 손, 거기에다가 옷 단추까지. 한마디로 퀄리티가 아주 높은 작품이다.

눈사람이 나를 보며 따뜻하게 웃고 있다.

'괜찮아. 괜찮아.'

연신 말을 건네며 미소 짓는 녀석을 보고 있자니 내 입꼬리도 조금씩 올라간다. 밤새 내려앉은 눈밭에서 눈사람을 보며 내 눈도 촉촉해지고 있다. 짜증으로 얼어붙었던 마음이 이내 사르르 녹아내린다. 아… 기부니가 다시 좋아졌다.

눈사람아, 고마워. 네가 웃어주니 오늘 하루는 기분 좋게 시작할 수 있을 것 같아. 어젯밤 손을 호호 불어가며 눈을 굴리고 뭉치며 땀을 쏟았을 누군가에게 진심으로 감사한 마음이다. 내 목소리가 그대에게 닿기를. 고맙습니다. 당신 덕분에 오늘도 힘을 냅니다.

# 나도
# 애매한
# 사람이라

설 연휴 동안 아이를 데리고 고향에 내려가 있었다. 코로나 시국에 친구를 만나기도 그렇고 해서 집에만 머물렀다. 이따금 시장에 나갔다 온 게 전부다. 특별히 할 게 없어 스마트폰을 만지작거리다 얼마 전 종영된 〈싱어게인〉이 생각났다. 기사를 통해 이승윤이라는 가수가 우승했다는 얘기를 듣고 나중에 몰아서 보려고 아껴뒀다. 인터넷을 도배하다시피 한 그가 궁금하기도 했다. 얼마나 노래를 잘하길래 다들 난리일까. 유튜브 영상으로 그를 만났다.

요약정리된 그의 무대를 중심으로 1라운드부터 결승전까지 모든 영상을 시청했다. 소문대로 그는 정말 대단했다. 여러 심사 위원이 말했듯 이승윤의 음악은 기존의 것과 다른 무언가 새로운 느낌이었다. 도대체 당신이 하는 음악 장르가 무엇이냐는 질문에 그는 "장르가 30호(이승윤의 출연자 번호)"라고 대답했다. 자신의 고유한 색깔을 담아냈다는 의미다. 또한 프로그램 내내 겸손하게 타인을 추켜세웠고, 승패와 관계없이 무대를 즐기는 모습을 보여주었다. 스스로 방구석 가수라 칭했던 그가 주인공이 되어가는 모습이 싫지 않았다.

영상을 보는 내내 흐뭇했다.

그중에서 인상적인 장면이 하나 있었다. 노래도 퍼포먼스도 아닌, 그가 '내 마음에 주단을 깔고'를 부를 때 했던 이야기였다. 무척이나 마음에 와닿았기에 여러 번 재생하며 그의 말을 받아 적었다.

"저는 어디에서나 애매한 사람이었습니다. 충분히 예술적이지도 대중적이지도 않았기에, 이런 칭찬과 환대가 어리둥절합니다. (중략) 하지만 반대로 제가 '애매한' 경계에 서 있는 사람이기 때문에 오히려 무대 위에서 많은 이야기를 할 수 있지 않을까 생각했습니다. 지금은 운이 좋아서 이곳에 먼저 왔지만, 다른 많은 분을 위해서 주단을 깔아놓고 기다리겠습니다."
_ '내 마음에 주단을 깔고'를 부르기 전 심사 위원의 질문에 이승윤이 한 말

스스로 애매하다 일컫는 그의 말에 공감을 넘어 감정이입이 되고 말았다. 저 사람도 나와 똑같구나. 애매한 사람 여기 한 명 추가요. '애매하다'는 '분명하지 않다'는 뜻이다. 그러니까 애매한 사람은 이것도 아니고 저것도 아니어서 정체성이 불분명한 사람이다. 나는 음악을 하는 사람이 아니지만, 애매하다는 단어만 놓고 보면 그와 내가 다를 게 없다.

아마도 그는 자신의 역량이 특출나지 않음을 겸손하게 표현하며 '애매하다'는 말을 꺼냈을 것이다. 그렇게 애매하게 살던 그가, 방구석에서 노래하던 그가 이제 방문을 열고 밖으로 나왔다. 애매했지만

전혀 애매하지 않게 자신의 음악을 갈고닦으며 기다렸고 눈앞에 나타난 기회를 움켜쥐었다. 운이 좋아 프로그램에 출연해 인기를 얻고 순식간에 유명한 가수가 된 것 같지만, 사실은 그렇지 않다. 그는 감히 내가 예상하지 못할 시간 동안 끊임없이 자신의 정체성을 고민하며 그 애매한 경계를 무너뜨리고자 안간힘을 썼을 테다. 그 결과 김이나 작사가의 말대로 '새것'이 되어 대중 앞에 나타났다.

날아오르는 그의 모습을 보며 생각했다. 나는 누구일까. 나의 정체성은 대체 무엇일까. 여전히 나는 애매하다 못해 형체조차 불분명한 사람으로 살고 있다. 평범한 직장인이자 아이 아빠 말고 나를 표현해주는 단어가 무엇인지 모르겠다. 그런 게 있긴 있을까. 부끄러운 말이지만 40년을 살면서 나는 아직도 삶의 목적이 무엇인지 전혀 생각하지 못하고 있었다. 나는 왜 이 세상을 살아가고 있을까. 내가 하고 싶은 건 무엇일까. 내 꿈은 무엇일까.

이제는 전혀 애매하지 않게 된 그 사람을 보니 배가 아프다. 자신이 원하는 일을 꾸준히 하면서 성과를 내는 사람들을 보면 정말이지 질투가 날 정도로 부럽다. 하지만 바꿔 생각해보니 좋은 점도 있다. 덕분에 지금 여기 있는 또 다른 애매한 사람이 용기를 얻었다. 애매함의 경계에 서 있으니 오히려 다양한 모습으로 자신을 표현할 수 있지 않겠냐는 그의 말은 분명 내게도 해당할 테니까. 여전히 애매한 인생을 살고 있지만 아직 늦지 않았다. 그러니까 이제부터라도 내가 좋아하는 걸 찾아내야 한다. 세상에 도움이 된다면 그 어떤 것이라도 괜찮다. 내가 좋아하면서도 좋은 에너지를 끌어오는 일. 그것을 반드시 찾아봐야겠다.

최진석 교수가 말한다. 우리는 늘 경계에 서야 한다고. 자신의 경계에 서서 그것을 깨부수려고 부단히 노력하는 사람이야말로 우리가 추구해야 할 모습이다. 이승윤은 분명 애매했던 자신의 경계를 깨고 세상 밖으로 나왔다. "애매함을 넘어 이제는 내 존재의 의의를 구체화해야겠다"라던 그의 말처럼, 나도 조금씩 경계의 바깥을 향해 뛰어볼 테다. 미약한 내 마음의 주단이 어디까지 깔려 있을지는 모르겠지만 말이다.

# 8주 동안
달렸더니
생긴 일

나는 요즘 열심히 달리고 있다. 어느덧 8주 차에 접어들었다. 달리기의 'ㄷ'도 모르던 내가 런데이 달리기 앱을 깔고 일주일에 세 번씩이나 달리다니. 이렇게 된 건 지인이 소개해준 《이왕 시작한 거 딱, 100일만 달려 볼게요》라는 책 때문이다. 달리기를 통해 삶의 활력을 되찾았다는 그녀의 이야기처럼, 나 역시 마음속에 응축된 스트레스 덩어리를 던져버리고 싶었는지도 모른다. 걱정과는 다르게 달리기가 재미있게 느껴지기도 하니 참으로 다행스럽다. 하여간 달리기 덕분에 요즘 꽤 즐겁다.

코로나 시국이라 실내운동을 안 하긴 했지만, 사실 나는 러닝머신(트레드밀)에서 뛰는 걸 별로 좋아하지 않는다. 왜 그런 느낌 있잖은가. 열심히 뛰고 내려왔을 때 계속 내가 앞으로 가는 것만 같은, 몸이 앞으로 쏠려버리는 그 느낌이 너무너무 싫다. (토 쏠려….) 뛰고 있다는 사실이 잘 와닿지 않는다고나 할까? 달릴 때 나를 둘러싼 풍경도 함께 움직여줘야 뛰는 맛이 나는 거다. (초보자 주제에 말이 많다.) 더워서 미치고 팔딱 뛰어버릴 것만 같아도 밖으로 나가는 이유다. 요즘은 저녁 시간에도 한증막이라, 이제부터는 새벽 러닝을 하기로 마음먹었다.

월요일 새벽 4시 50분. 스마트폰 알람이 울렸다. 침대에 누운 채 뛸까 말까(더 잘까 말까)를 3분 31초 동안 고민하다 자리를 박차고 일어났다. 러닝복을 입고 잤으니 따로 준비할 건 없다. 시원한 물 한 컵을 벌컥벌컥 마시고 양치를 하고 하얀색 양말에 회색 운동화를 신고 집 밖으로 나왔다. 손에는 스마트폰과 손수건을 들고, 귀에는 오래된 에어팟을 꽂아 넣은 채로.

오늘은 8주 차 첫 번째 시간이다. '5분 달리기+3분 걷기+20분 달리기' 코스다. 두 번만 더 달리면 30분 달리기가 가능해진다. 처음 달리기를 시작했을 때는 고작 1분 달리고 2분 걷기였는데 꾸준히 할수록 달릴 수 있는 거리가 늘어나는 것도, 그걸 또 자연스럽게 해내고 있는 나 자신도 그저 신기할 따름이다.

아파트를 따라 조성된 산책 길을 걸으면 정확히 5분이 걸린다. 예열되었으니 이제 시작이다. 1차 달리기는 호수공원 입구 사거리까지. 가볍게, 천천히 템포를 조절한다. 목표는 빨리 뛰는 게 아니라 천천히 오래 뛰는 거니까.

여름의 한복판, 별로 뛰지도 않았는데 이마에 송골송골 땀이 맺힌다. 아직은 해도 뜨지 않았다. 산이라 부르기도 애매한 작은 언덕의 고마운 나무들 덕에 일출이 조금 늦어졌다. 5분 달리기가 끝나고 슬슬 걷다 보니 그제야 인도 오른편으로 무성한 풀숲이 눈에 들어온다.

초록이다. 선명한 녹색 배경 사이로 안경을 따라 땀방울이 흐른다. 눈에 닿으니 따갑다. 짜다. 땀에도 여름의 기운이 담겨 있다. 여름은 정열의 계절이다. 몸도 뜨겁고, 땀도 뜨겁고, 마음도 뜨겁다. 갑자기 여름이 좋다. 지금도 이미 뜨끈뜨끈하지만, 잠시 후 해가 뜨면 세상은 또다시 본격적으로 뜨겁게 달구어질 테다. 열정으로 가득 찬 이 계절이 예쁘다.

초록의 물결 가운데에서 노란색 덩어리가 넘실거린다. 얼핏 해바라기처럼 생겼다. 걸음을 잠시 멈추고 스마트폰을 열었다. 스마트렌즈로 검색해보니 금계국이라고 불리는 노란 코스모스다. 여름에 만나는 금계국의 꽃말이 '상쾌한 아침'이라니. 참으로 고마운 의미가 아닐 수 없다. 그래. 네 이름대로 오늘은 정말 좋은 아침이다.

3분간의 걷기가 끝나고 긴 달리기가 시작됐다. 템포를 늦췄어도 20분은 결코 짧은 시간이 아니다. 사실 잔뜩 겁을 먹고 있었다. 그저께 15분을 뛰었을 때 숨이 턱까지 차올라 끝에서는 거의 걷다시피 했었으니까. 그런데 이상하다. 하나도 안 힘들다. 컨디션이 좋아서? 아니면 기분이 좋아서? 알다가도 모를 일이다.

• • •

에너지 넘치던 아침을 뒤로하고 꾸역꾸역 출근했다. 월요일답게 사무실 분위기가… 겁나 그지 같다. 아니나 다를까, 누구의 잘못도 아닌 일로 싫은 소리를 들었다. 몇 분 만에 해결할 수 있는 문제를 왜 이렇게 물고 늘어지는지 모르겠다. 깊은 곳에서부터 짜증이 차오른다. 아, 스트레스… 내가 좀 더 챙길 걸 그랬나. 후회가 밀려온다. 그때,

됐어. 다시 들어가. 괜찮아.

사나웠던 감정 앞에 누군가 속삭인다. 천천히 심호흡한다. 일순간에 마음이 고요해졌다. 눈앞에 둥둥 떠다니던 스트레스도 온데간데없다. 상쾌했던 아침의 기억이 몽글몽글 떠올랐다. 어라? 이거 뭐지? 뭔가 좋아진 거 같은데… 잘은 모르겠지만, 깊게 숨을 쉬면서 산소를 엄청 많이 마신 느낌이다. 아… 내가 달리기를 해서 폐활량이 좋아졌구나! (근데 이게 말이 되는 건가?)

달리기를 시작한 이유는 매우 심플했다. 그저 건강해지고 싶었다. 140에 육박하는 혈압을 낮추려고 달리기를 시작했다면 좀 웃기려나? (근데 진짜다.) 그렇게 시작한 8주간의 달리기를 돌아보니 내 폐활량만 늘어난 게 아니었다. 달리기를 반복하면서 한 번에 달릴 수 있는 거리가 조금씩 늘어나듯, 내가 감내할 수 있는 마음의 힘도 조금은 커진 느낌이다.


쫄지 마. 아무 일 없어.


나는 결코 영어를 잘하는 사람이 아니지만 문득 'capacity(용량, 수

용력)'라는 단어가 떠올랐다. 어쩌면 달리기는 심장과 허파와 온갖 장기와 근육의 capacity뿐만 아니라, 내 마음의 capacity도 강력하게 높여주고 있었던 게 아닐까. 만약 이게 사실이라면 나는 앞으로 달리기를 멈출 이유가 없다. 몸속 구석구석 산소가 들어왔다 나갈수록 나는 조금 더 강한 사람이 될 테니까.

흐읍!
하아!
심호흡 한 번에 쪼그라든 허파가 힘차게 기지개를 켠다.

# 돌덩이 :
심장이 뜨거웠던
오늘

달리세요!

아무 생각도 하지 말고 그냥 달리세요!

15분쯤 달렸을까. 이어폰을 통해 런데이 트레이너의 목소리가 들렸다. 안 그래도 오늘 몸 상태가 별로인지 힘들어 죽겠는데 잔말 말고 그냥 달리란다. 근데 아무 생각도 하지 말라고? 그게 돼? 그런데 그 말을 듣자마자 잊고 싶었던 지난날이 불현듯 떠올랐다.

쌍. 왜 또 생각나고 지랄이야.

버려! 잊어! 걍 달려!

이상하다. 갑자기 눈물이 나는 것 같다. 아닌가, 땀인가. 이미 러닝복의 절반이 땀으로 축축해진 상태였다. 그런데 코끝이 찡하다. 아, 눈물인가. 나는 왜 달리다 말고 미친놈처럼 울고 있는가. 머리에서 흐른 땀이 눈에 들어가 따갑다. 눈을 끔뻑거리자 땀인지 눈물인지 모를 물방울이 안경 귀퉁이에 걸려 흔들린다.

나는 달린다. 쉬지 않고 뛰고 있다. 내 심장도 함께 부지런히 펌프질
해댄다. 나는 이곳에서 내가 살아 있음을 증명하고 있다. 아무도 알
아주지 않아도 괜찮다. 내가 알고 있으니까. 나는 지금 최고로 잘 살
아 있으니까. 이렇게 힘차게 땅을 딛고 달리고 있지 않은가.

끄떡없어, 이 자식들아.

2부 · 존버러도 행복해야 한다

# 직장인 필수 공식, 1=1

왠지 회사 이야기가 많이 나올 듯하지만, 나는 이 책에서 가급적 회사를 언급하지 않으려고 한다. 알바를 제외하고 정식 직장이라고 말할 만한 곳이 한 군데(=현 직장)뿐인 내가 당신들의 직장 생활이 어떤지 알 수도 없을뿐더러 거기에 감 놔라 배 놔라 할 자격도 없다는 것을, 나는 찰떡 아이스처럼 아주 잘 알고 있으니까요…. 직장에서의 시간은 각자 알아서. (도생하지 말입니다….)

그럼에도 직장인에게 공통된 주제가 있으니 직장 생활을 바라보는 시각(혹은 관점, 혹은 가치관)에 관한 얘기다. 어쨌거나 하루 중 가장 많은 시간을 보내는 곳이기에, 직장에 관한 나의 마음이 어떠한지는 한 번쯤 생각해봐야 할 중요 과제다. 버티기 한판을 시전하고 있는 내가 스트레스를 받지 않기 위해 자주 사용하는 공식이 있다. 모두 밑줄 긋고 암기하기 바란다.

1=1, 일은 일이다.

여기에서 '일'은 'one'이 아니라 'work'라는 사실을 굳이 설명하지 않아도 되겠지? (앗, 설명해버렸다. ㅋㅋ) 그렇다면 '일은 일'이라는 말은 대체 무슨 뜻인가? 여기에 일을 일로 보지 못했던 한 인간이 있다.

(a few years ago)
퇴근 시간이 다 되어간다. 오늘의 마지막 업무로 임원 회의 결과를 각 부서에 알리는 문서를 작성하고 결재 버튼을 눌렀다. 나름대로 여러 번 꼼꼼하게 검토했으니 괜찮겠지? 할 일도 끝났으니 이제 퇴근하고 주말을 즐기자! 앗싸라비아 콜롬비아!

(퇴근 후)
저녁을 먹는데 갑자기 회사 생각이 났다. 가만, 내가 올린 공문, 제대로 쓴 거 맞겠지? 괜스레 불안한 마음이 들어 노트북을 켜고 전자결재 시스템에 접속했다. 윗분들이 벌써 결재를 다 끝내셨네? 월요일에 회사 가서 발송하면 되겠다. 그런데…

　오 마이 갓김치! 맙소사! 오탈자가 떡하니 보인다. 그것도 회의 차수를 잘못 표기했다. 15차를 14차라고 썼네…. 전에 쓴 문서를 불러와 재작성하다 본문만 수정하고 제목은 그대로 두었나 보다. 하아, 미치겠다. 어떡하지어떡하지어떡하지어떡하지.

그때부터 이상한 일이 생겼다. 몸은 분명 집에 있는데 마음은 일찌감치 회사로 가 있다. 어떡해. 팀장님한테 이실직고해야겠지? 아니야. 그 양반 성격에 또 융단폭격 맞을라. 입 쓱 닫고 그냥 넘어가? 아니다. 나중에 문서 받은 쪽에서 뭐라고 할 수도 있으니까 이건 다시 고쳐서 보내는 게 맞아. 젠장. 또 깨지겠네.

숫자 하나 때문에 모든 게 변했다. 머릿속이 회사 생각으로 가득 차는 데는 그리 오래 걸리지 않았다. 즐거움으로 도배되어야 할 '불금'은 말 그대로 '헬금'이 되었다. 토요일도, 일요일도, 행복해야 할 주말이 순식간에 쓰레기통으로 사라졌다. 휴식은커녕 주말 내내 불안과 두려움으로 생매장을 당했다. 내가 왜 그랬지 왜 그랬지. 정말 최악이다. 여기까지.

· · ·

눈치챘겠지만 이것은 내 얘기다. 일을 일로 보지 못한 덕에 주말 내내 지옥의 가시밭길을 걸었다. 대체 무엇 때문이었을까? 상사에게 깨지기 싫어서? 오탈자를 제대로 검토하지 못한 나의 업무 능력이 한심스러워서? 실수를 용납하지 못하는 완벽주의 때문에? 다 틀렸다. 내가 힘들었던 이유는 나 자신을 '일'과 동일시하고 있었기 때문이다. 다시 말해 '1=1'이 아니라 '1=나'였기 때문이다.

까놓고 얘기해보자. 일은 잘될 수도 있고 안 풀릴 수도 있다. 그러니까 일이라는 것에 나를 갖다 집어넣을수록 우연의 장단에 나를 맞추는 꼴이다. 일이 잘되면 기분도 좋겠지만 안 되면 또 어떡할 건데? 내 감정을 거기(일)에 풀어놓고 업 앤드 다운을 반복하다보면 자연스럽게 불안함과 두려움이 싹트게 된다. 그러다보면 내가 먹히는 거다. 일 따위에게.

일에도 적당한 거리가 필요하다. 한 발짝 빠져나와 관찰하듯 보는 게 포인트. 회사에서도 회사 생각, 집에 와도 회사 생각. 가끔은 그렇다. 몸은 퇴근했으나 마음은 퇴근하지 못했던 날들. 도대체 회사가 뭔데 나를 이렇게 힘들게 하는 걸까. 조금만, 지금보다 아주 조금만 거리를 두자. 그래도 괜찮다.

직장인으로 살기로 한 이상(물론 언제까지일지는 모르겠다만) 나는 이곳에서 행복해질 수 있는 방법을 찾아야 한다. 오탈자 하나에 오발탄 같은 사람으로 평가받는 기분이 들어도, 얼른 거기에서 빠져나와 적당한 거리를 두도록 노력해봐야겠다. 나는 나고 일은 일이다. 나는 나고 회사는 회사다. '1=나'라는 프레임에서 벗어날 수 있다면 지금보다는 좀 더 여유로운 직장 생활을 할 수 있지 않을까.

1=1. 일은 일이다.
내가 아니다.

PS. 이 글은 '버티는' 직장인에게 하고 싶었던 이야기다. 본인의 직업에 자부심을 느끼며 열정을 가득 담아 일하는 분들께 부러움과 존경의 마음을 담아 보낸다.

# 완벽한
# 하루

며칠째 일찍 일어나고 있다. 어느새 적응이 되었나 보다. 자다가 잠깐 정신이 들어 시계를 봤더니 3시밖에 안 됐다. 더 자도 되겠다 안도하는 모습에 피식 웃음이 났다. 다시 눈을 감자 찰나와 같은 시간이 지나고 알람이 울렸다.

여느 날처럼 짧은 글을 쓰다 창밖을 보니 부슬부슬 비가 내리고 있다. 발코니 문을 열고 나가 등유 난로에 불을 붙였다. 캠핑 의자에 앉아 매캐한 기름 냄새를 뚫고 올라오는 온기에 시린 발을 갖다 대니 마음마저 따뜻해진다. 이렇게 좋은 시간을 보낼 수 있음에 문득 감사한 마음이 든다.

감사라… 그래. 군이 말하자면 나는 '감사를 잘하는' 사람이 아니었다. 내 마음대로 움직여주지 않는 현실에 크고 작은 불만이 가득했고, 주기적으로 성난 이빨을 드러내며 모나게 삶을 살아왔다. 내가 날카로워 그랬을까. 세상은 내 편이 되어주지 않았다. 나의 하루는 그저 버티고 흘려보내는 시간일 수밖에 없었다. 좋은 일에 감사하기보다 아주 작은 나쁜 일에도 온갖 신경을 쏟아가며 하루를 보냈다.

하지만 오늘은 달랐다. 아니, 잠에서 깼을 때부터 뭔가 새로운 날이 시작된 느낌이 들었다. 창가에 앉아 투둑 떨어지는 빗소리를 들으며 믹스 커피(나는 라떼) 한 잔을 마시는, 정말 별것 아닌 평온함이 왜 이렇게 감사하게 느껴질까. 나이 먹었다고 지지리 궁상이라도 생긴 건 아니겠지?

어쨌든 기분 좋은 날이다. 오늘은 가족들의 봄옷을 사러 아웃렛에 가기로 했다. 아내와 아이, 처형을 태우고 가는 길, 늘 지나던 삼거리에서 좌회전 신호를 받아 서서히 진행하는데 뒷자리에 앉은 아내가 갑자기 비명을 질렀다.

"어어! 쟤 왜 이래? 꺄아악!"

눈앞에 하얀색 차가 불쑥 나타났다. 뭐지 이거? 생각할 틈도 없이 옆구리를 그대로 들이받았다. 비가 와서 잘 보이지도 않았거니와, 내 신호가 들어온 지도 한참 지났기에 오른쪽에서 차가 들이닥칠 거라고는 전혀 예상하지 못했다. 알고 보니 오른쪽 직진 차로에서 신호 위반을 한 하얀색 SUV가 멈추지 않고 내 앞에 나타난 것이었다. 아아, 제기랄. 교통사고라니….

충격이 작지 않았다는 걸 인지하고 아이 상태부터 살폈다. 카시트에 머리를 부딪쳐 아프다고 했다. 운전석과 보조석 문이 열리지 않았고, 화면에는 경고 메시지가 떴다. 차도 적잖이 파손된 듯하다. 뒷문을 열고 가까스로 나가 보니 오른쪽 라이트가 깨졌고 보닛이 살짝 들렸다. 제아무리 안전 운전을 한다고 해도 와서 부딪히는 건 막기 어렵다.

대로 한복판에서 비를 맞아가며 사고 처리를 했다. 차는 서비스 센터로 보냈다. (고맙고도 불쌍한 내 차⋯.) 집에 돌아와 블랙박스 영상을 보며 또 한번 놀랐다. 내가 1초만 빨랐어도 그 차가 우리 차의 측면을 들이받았을 테다. 그랬다면 훨씬 더 큰 사고가 났을 것이다. 일단 외형상으로 크게 다친 데는 없어 보인다. 그래도 걱정되니 내일 아이를 데리고 병원에 가봐야겠다.

다음 날 알게 되었지만 내 차는 범퍼와 양쪽 펜더가 파손되어 수리비가 만만치 않게 나왔다. 보험사에서는 전손 처리를 해야 한다고 했다. 후아⋯ 작은 사고가 아니었구나. 그런데도 가족 모두가 어디 부러지거나 하지 않았으니 이 얼마나 다행스러운 일인가. (물론 허리와 목에 통증이 심해 치료는 받아야겠지만.) 죽지 않아서, 많이 아프지 않아서 정말 감사하다는 생각이 불쑥 올라왔다. 오늘 아침에 느꼈던 감사함은 혹시 이것 때문이었을까. 마음속으로 외쳤다.

'감사합니다. 정말 감사합니다.'

하루를 시작하며 감사한 마음을 느꼈던 날, 나는 살아 있음에 다시 한번 감사 인사를 한다. 눈을 뜨고, 숨을 쉬고, 사랑하는 사람과 하루를 보내는 이 모든 순간이 기적이고 축복이었음을 깨닫는다. 눈감는 그 날까지 내게 주어진 모든 것들에 감사할 것. 기쁜 마음으로 글을 쓰는 지금이 소중하게 느껴지는 이유다. 오늘은 정말 '완벽한 하루'였다.

# 맞지 않는
# 옷을
# 탓하지 말라

한동안 팔굽혀펴기를 열심히 했더니 어깨가 넓어졌다. 자타공인 어깨좁이였던 내게 아내는 전보다 훨씬 보기 좋다며 칭찬을 해주었다. 잠시 거울 앞에서 으쓱하며 쓸데없이 자아도취에 빠지기도 했다.

그런데 문제가 생겼다. 어깨가 넓어지니 자연스레 옷들이 조금씩 작아지기 시작했다. 왜소한 체격 덕분에 항상 미디엄M 사이즈를 입던 나였지만, 어깨와 가슴 부위가 답답해져 너무 불편했다. 이제는 '사이즈 업'을 해야겠다.

마트에 간 김에 싸구려 면 티셔츠를 몇 장 업어 왔다. 라지L 사이즈다. 집에 와서 입어 보니 훨씬 편하고 좋다. 그런데 또 문제다. 이놈의 옷, 팔이 너무 길다. 원체 숏short팔이지만 거짓말 조금 보태 탈춤이라도 출 것만 같아 영 별로다. 아내가 그걸 보더니 말했다.

"저질 몸뚱어리. 정말 총체적 난국이구나. 세탁하게 이리 줘봐. 이거 면 재질이라 빨아서 건조기 한번 돌리면 오빠 몸에 꼭 맞을 거야."

몇 시간 후 건조기에서 나온 옷은 딱 보기에도 작아 보였다. 잘 맞을 거란 기대는 1도 하지 않았지만 이건 너무하다. 팔 길이는 꼭 맞지만 다시 가슴이 답답하다. 미치겠다. 왜 나를 이리도 비참하게 만드는 것인가. 내 몸에 꼭 맞는 옷을 구하는 게 이리도 어려운 일인가? 왜 내 체형에 맞는 옷을 판매하지 않느냐 말이다.

"이거 옷이 왜 이래? 정말 못쓰겠네."

온종일 옷 때문에 스트레스를 받았다. 불평해 봤자 무슨 소용일까. 다시는 마트에서 파는 옷을 사지 않겠다고 다짐하고 줄어버린 옷은 초등학생 조카에게 주었다.

• • •

며칠 후, 처형 가족들과 저녁을 먹기로 했다. 조카 녀석이 집에 들어와 외투를 벗어 던지자 입고 있던 검은색 티셔츠가 눈에 들어왔다.

"옷 샀어? 요즘 유행하는 스타일이네. 잘 어울려."

"이거 며칠 전에 이모부가 준 거잖아요."

"어? 그래? 이게 그 옷이야?"

내 몸에 맞지 않는 옷이라 미워했건만 따지고 보니 그 옷은 잘못한 게 없다. 조카에게는 저리도 잘 어울리는 걸 보니 말이다. 그렇다고 내 저질 몸뚱이를 탓하고 싶지도 않다. 이렇게 생겨 먹은 게 죄는 아니지 않나. 나와 그 옷이 잘 맞지 않은 것뿐. 그게 전부다. 그러니까 옷이 잘못되었다고 욕할 필요는 없다. 잘 맞는 다른 옷을 찾아내면 그만이다.

몸에 맞지 않는 옷을 탓하던 내 모습을 보며 생각했다. 내 몸에 꼭 맞는 옷과 그렇지 않은 옷이 있듯이 내가 살아가며 만나는 사람도 마찬가지가 아닐까. 세상에는 나와 잘 맞는 사람이 있고 안 맞는 사람도 있을 수 있다. 모든 옷이 내 몸에 맞을 수 없듯, 모든 사람과 잘 지낼 수는 없다. 내게 맞지 않는 옷에 잘못이 없듯, 나와 맞지 않는 그 사람을 탓할 수도 없다.

그런데도 지금껏 나는 나를 별로 탐탁지 않게 생각하거나 나와 잘 맞지 않는 사람들을 보며 그들을 원망했다. 왜 나를 이해하지 못하는지, 왜 나의 입장을 고려하지 않는지 불평하고 야속하게 생각했다. 동시에 사람들의 시선을 신경 쓰면서 그들의 마음에 들기 위해 눈치를 보았다. 그러는 사이에 정작 나를 이해하고 좋아해주는 사람들에게는 소홀했다.

세상의 수많은 옷이 모두 내 몸에 맞을 수 없듯, 모든 사람이 내 입맛에 맞을 수는 없다. 그렇다고 그 사람을 내 마음에 들도록 바꾸기는 더더욱 어렵다. 그렇다면 나와 맞지 않는 사람들에게 에너지를 쏟는 일을 조금 줄여도 되지 않을까. 그저 내 몸에 맞지 않는 옷처럼 생각하면서 말이다. 그리고 그 시간에 나와 잘 맞는 이들에게 노력하는 거다. 아무리 생각해도 그게 남는 장사 같다.

# 중고차
# 길들이기

차를 샀다. 새 차는 아니고 중고차다. 교통사고로 전손 처리된 차 보상금에 조금 더 보탰다. 연식과 주행거리가 좋아서 별문제 없겠지 했는데, 생각했던 것보다 차가 너무 안 나간다. 특히 저단(1~2단)에서 어찌나 꿀렁거리던지. 전 주인과 내가 운전 스타일이 달라서 그런가. 아무튼 ECU(자동차의 전자제어 장치)가 차 주인이 바뀌었음을 인식할 때까지 조금은 기다려야 할 듯하다.

   그래서 시작했다. 이름하여 내 맘대로 중고차 길들이기! (어디까지나 개인적인 의견이니 그냥 그런가 보다 해주시길.) 새 차를 샀을 때와 마찬가지로 주행에 신경 쓰고 있다. 딱히 고급 스킬이 있는 것은 아니다. 급출발과 급제동을 하지 않고 RPM이 2,000을 넘지 않는 선에서 변속이 되도록 액셀러레이터와 브레이크를 컨트롤하는 게 전부다. 그래도 경험상 이 상태로 1,000~2,000킬로미터쯤 주행하면 자동차도 새로운 운전 습관을 받아들이고 나의 움직임에 성능을 맞춘다.

하여간 그래서인지 요즘 출퇴근길이 생각보다 험난하다. 운전을 살살 하는데 왜 안 좋아졌을까. 발 컨트롤을 한답시고 천천히 출발했더니 자꾸만 내 앞으로 차들이 끼어든다. 차간 거리에 여유가 있을 때 방향 지시등(깜빡이)을 켜고 내 앞으로 들어오는 차들이야 당연히 OK이지만, 시내에 들어오면 정말이지 약간의 틈만 보여도 비집고 대가리(자동차 앞부분을 말합니다)를 들이민다. 깜빡이도 없이 훅 들어오는 차도 심심치 않게 볼 수 있었다.

앞뒤 전후 사정이 어떻든, 불쑥 끼어들기를 당하면 어쨌거나 기분이 별로다. 자칫 위험해질 수도 있는 상황에 마음이 한껏 예민해진다. 이런 사발면 같은 놈들이 있나… 자동차 길들이기고 뭐고 원래 하던 대로 시원하게 달리고 싶다. 무개념 운전자들에게 양보 따위는 사치다. 그런데…

우리 인생 역시 미닫이문을 여닫는 것과 별반 다를 바 없다. 미는 것은 편하다. 그래서 많은 사람이 마치 문을 밀어내듯 삶을 살아간다. 여러 가지 불편한 일이 생기기도 하고 다른 사람에게 피해를 주기도 하지만 밀어내기에 익숙한 우리에게 당기는 일은 아직 어렵다.

잘 당기는 사람이고 싶다. 나의 영역을 아까워하지 않고 타인에게 내어줄 수 있는 사람, 사람들에게 선한 영향력을 끼치고 시기하지 않으며 타인의 허물을 내 쪽으로 끌어당겨 포용할 수 있는 사람. 눈앞의 편안함을 추구하기보다는 내 가족과 소중한 사람들의 행복을 위해 잠깐의 작은 불편함을 감수할 수 있는 사람.

_권수호, 《마흔에는 잘될 거예요》 중에서

맙소사, 여러분. 언행일치가 이렇게 어렵습니다. 불과 3년 전에 썼던 글이 지금의 나를 한없이 부끄럽게 한다. 자신의 유일한 적은 '과거의 자신'이라는 말이 새삼 와닿는다.

잘 당기는 사람이 되고 싶다 말했다. 미닫이문을 당겨 여는 것처럼, 내가 가고 있는 방향에서 잠시 멈추고 상대에게 기꺼이 나의 영역을 양보할 수 있는 사람으로 살아가겠다고 다짐했었다. 조금 불편하더라도 문 저편에 있는 누군가를 위해 나의 에너지를 쓰겠다고 말했다. 하지만 나는 내 입으로 내뱉은, 거기다 책으로 펴내기까지 한 자신과의 약속을 지키지 못하고 있었다.

오늘 아침, 무리하게 끼어들던 자동차를 향해 세상 떠나갈 듯 경적을 울려대던 내 모습이 부끄럽다. 딴에는 위험하게 운전하지 말라는 경고의 메시지였지만 생각해보니 굳이 안 해도 될 행동이었다. 그냥 쿨하게 양보해줬으면 될 일이다. 어쩌면 평소보다 틈을 많이 두었던 내 잘못이었는지도 모른다.

여전히 빈틈없이 살고 있던 나. 철저하고 완벽하다는 의미가 아닌, 누군가 내 영역을 침범하는 걸 무엇보다 싫어했던 나. 양보와 배려보다는 방어와 밀어내기에 익숙했던, 그저 뾰족하고 날카로운 사람이었다. 예전보다 동글동글해졌다고 생각했지만 여전히 나는 모난 돌일 뿐이다.

중고차 길들이기 덕분에 다시금 나를 돌아보며 마음을 다잡는다. 조금 더 노력하자고. 그까짓 틈은 더 줘도 된다고. 이제부터 나는 빈틈이 많은 사람이 될 것이다.

그러니까 이제부터 내 앞으로 다 끼어들어라!

# 낚였다
## 아들한테

맞벌이 부부의 저녁은 대체로 이렇다. 일단 퇴근하면 마이 피곤하다. 가급적 집에서 밥을 해 먹고 싶지만 쌀을 씻으려면 싱크대에 잔뜩 쌓인 그릇을 치워야 한다. 힘들고 배도 고픈데 설거지까지 할 여력이 없다. 자연스럽게 "밖에 나가서 먹을까?"라는 말이 튀어나온다. 그래, 외식하자. (웃프다는 말을 여기에 써도 되나 모르겠다.)

오늘따라 '꼬기'가 먹고 싶다. 그것도 소고기! 가성비 좋다는 차돌박이 집을 찾았다. 달구어진 돌판에 올려놓자마자 똬리를 틀며 익어 가는 고기를 달짝지근한 소스에 담근 후 마늘과 청양 고추를 하나씩 올려 입속으로 털어 넣는다. 반주도 한잔 있어야지? 얼음인지 액체인지 불분명한 슬러시 소주를 주문해 홀짝홀짝 마시며 알딸딸한 기분을 만끽한다. 이곳이 곧 천국이로세….

3만 6,000원. 실컷 먹은 것 치고는 많이 안 나왔다. 아이의 손을 하나씩 잡고 벚꽃이 흐드러진 동네를 걸었다. 붕어빵이 먹고 싶어 공원 근처까지 갔는데, 붕어빵 아저씨가 일찍 장사를 접고 계신다. 아무래도 황사가 많아서 그런 거겠지. 아쉬운 마음을 달래려 동네 떡

집에서 꿀떡 하나를 사 들고 집으로. 이렇게 오늘의 일정을 마무리 한다…면 정말 좋겠다.


게임 셋.

즐거운 시간은 이제 끝이다. (또르르…) 집에 들어오니 할 일이 태산이다. 태산은 높은 건데 왜 많다는 뜻인지 모르겠다. 아무튼 널브러진 아이 책과 장난감, 어제 먹다 남은 치킨, 태산보다 높이 쌓인 설거짓거리, 우리 집 골칫덩어리 아내 머리카락까지…. (뭐가 이리 많노?) 하나하나 치우고 씻는 동안 아내는 밀린 빨래를 돌린다. 엄빠와 놀고 싶은 아이는 조용히 학습 패드를 열고 자기 할 일을 한다. 참으로 미안하고, 기특하다.

어느 정도 정리를 끝냈다. 시계를 보니 벌써 9시다. 이제 잘 준비를 해야 한다. 아이에게 성장 주사를 놓아주고, 우유를 먹이고, 양치를 시킨다. 자기 싫은 아이는 침대에 누워서도 책을 읽어달라며 땡깡을 부린다.

"욘석아, 너 그만 자야 해."

"싫어. 책 읽어줘."

"아 놔. 알았어. 딱 한 권만이다."

"아니~ 세 권 읽어줘."

"요것 봐라? 일루 와."

아이의 몸을 간질이며 하하 호호 장난을 친다. 아내도 합세해 녀석을 끌어안고 사랑의 괴롭힘(?)을 이어간다. 물 한 잔 먹고 다시 방으로 들어오는데 아이가 번쩍 손을 들더니 외쳤다. 이렇게.

"에잇! 나 괴롭히지 마라! 자꾸 그러면 신고한다!"

아이 입에서 좀처럼 듣기 힘든 '신고'라는 단어에 잠깐 멈칫했다. 아이에게 물었다.

"야, 권똥. 장난하냐? 너 신고가 뭔지 알아?"

"알지. 경찰 아저씨한테 나쁜 사람 있다고 신고하는 거. 번호가 뭐였더라… 112인가?"

"헐… 제대로 배웠네."

감탄하고 있는 아빠를 보며 아이가 내 전화기를 부여잡고 버튼을 누른다.

"아빠, 나 진짜 신고한다. 1, 1, 2….."

"야! 야! 누르지 마!"

설마 했던 니가 나를 신고하는 거니? 침대 위로 몸을 던졌다. 아이가 잡은 전화기를 눈보다 빠른 손으로 낚아챘다. 화면을 응시하며 빨간색 통화 종료 버튼을 찾아 누르려고 하는데… 스마트폰 화면에는 메모 앱이 열려 있었고 거기에 '112'라고 쓰여 있다.

아… 낚였다. 이놈시키. 메모장에다 112를 입력하고 아빠한테 뻥카(?)를 친 거야? 일루 와. 픽픽픽. (ㅋㅋㅋ) 아이도 웃겨 죽겠다며 깔깔거린다. 완전히 당했다. 당했어….

일곱 살 아이에게 뒤통수를 맞고 해롱해롱한 상태로 다시 누웠다. 이 녀석 언제 이렇게 컸지? 이 정도 수준급 장난이라니…. (그다음 엔 신고에 대해서 차근차근 얘기해줬다. 나는 라떼니까.)

"아들, 너 자꾸 장난치면 아빠는 114에 전화 걸 거야."

"114가 뭐야?"

"너 모르는구나? 114는 전화번호를 알려주는 곳이야."

"전화번호를 왜 알려줘? 그러면 안 되는데…."

"…."

모르는 사람에게 전화번호를 알려주면 안 돼. 자신의 개인 정보는 스스로 지켜야 해… 뭐 이런 얘기를 하려는 거야? 그래그래. 너 진짜 잘 배웠구나. 잘했어! 근데 내가 뭔 말을 못 하겠네. 우쒸….

할 말이 없어진 아빠는 아이를 끌어안고 꿈나라로 향했다. 녀석은 용광로같이 뜨거운 아빠의 품에서 식은땀을 뻘뻘 흘리며 잠이 들었 다나 뭐라나. 하여간 오늘, 네 덕분에 즐거웠다. 우리 집 고속 충전기 덕분에 에너지 슈퍼 파월 충전 완료다.


□ □ □ □ ■

□ □ □ ■ ■

□ □ ■ ■ ■

□ ■ ■ ■ ■

■ ■ ■ ■ ■　100% (충전이 완료되었습니다.)

# 벚꽃 캠핑 :
## 주말에
## 비 온대

4월이다. 날씨가 풀리면서 슬슬 출동 준비를 하고 있다. 캠핑 입문 3년 차, 그동안 한 번도 해보지 못했던, 그저 꿈속에서만 존재했던! 벚꽃 캠핑을! 드디어 나도! 이번 주말에! 간다고! 잔뜩 기대하며 캠핑장을 예약했는데….

주간 날씨

| 월 | 화 | 수 | 목 | 금 | 토 | 일 |
|------|------|------|------|------|------|------|
| 맑음 | 맑음 | 맑음 | 맑음 | 흐림 | 비 | 비 |

얘 왜 이러는 걸까요. 아니 지금 몇 주째냐고요. 주말만 되면 비가 오다니요. 해도 해도 너무한 거 아입니꽈? (나 누구한테 말하는 거니.)

그래. 나는 지지리도 재수가 없다. 캠핑만 가려고 하면 비가 오고, 꼭 막히는 고속도로에서 차선을 바꾸면 거기가 더 막힌다. 가는 날이 장날이라고 붕어빵이 먹고 싶어 귀차니즘을 무릅쓰고 동네 공원까지 걸어가면 때마침 아저씨가 오늘의 영업을 끝내고 문을 닫고 계신다. 우째 이러냐…. 가뜩이나 없는 힘까지 빠진단 말이다!

생각해보니 그렇다. 좋은 일이야 많이 생길수록 '땡큐'고 잘 즐기면 그만이지만, 인생을 살아가면서 마주하는 수많은 '나쁜 일'은 대체 어떻게 받아들여야 한단 말인가? 그냥 '아, 그런가 보다' 한다고되는 건 아니잖아.

또다시 입만 털며(이 정도면 중증이다.) 실천하지 못했던 내가 아주 약간의 깨달음을 얻은 건 다름이 아니라 아이에게 책을 사주려고검색하던 중이었다.

초등학교 추천 도서를 다룬 블로그를 보다 뒤통수를 한 대 맞았다. 정확히 기억나지는 않지만 대충 이런 내용이었다. 모든 일이 항상 마음대로 될 수는 없다. 인생은 날씨와 같아서 맑을 때도 흐릴 때도 있다. 어쩌다가 나쁜 일이 생겨도 그건 누구의 탓도 아니다.

애들이 읽는 책을 보며 이렇게 감동할 줄은 몰랐다. 사실 여기서 아이를 어른으로 바꿔도 아무 상관이 없다. 오히려 나에게 하는 말 같아 읽는 내내 찔끔거렸다. 하나부터 열까지 다 맞는 말이다. 또한 이 책에서는 부정적인 생각에 이름을 붙이고 불러주라고 하는데, 이는 마음 보기 명상에서도 자주 접했던 내용이다. 나의 감정에 거리를 두고, 객관적으로 바라봄으로써 부정의 회오리로 빨려 들어가지 않도록 하는 것. 모르는 바 아니었으나 몸에 배지 않아 제대로 실천하지 못했다.

맞다. 따지고 보면 나쁜 일보다 좋은 일이 훨씬 많이 생긴다. 나는 주차 운이 좋다. 어디를 가든 주차 걱정을 해본 적이 없다. 주차장이 아무리 붐벼도 내 앞에서 한 대가 쏙 빠져주니 보통 좋은 일이 아니다. 문제는 내가 그런 좋은 일보다 몇 번 없는 나쁜 일을 훨씬 더 잘 기억하고 있었다는 점이다. 나는 내 인생에 하등 도움이 되지 않는 사람(그의 이름은 머피)을 불러대고 있었다.

초등학교 추천 도서가 가르쳐준 인생의 지혜를 곱씹으며 다짐한다. 나쁜 일이 생겨도 그것은 누구의 잘못도 아니라는 사실, 그리고 세상에는 나쁜 일보다 좋은 일이 더 많다는 사실, 나쁜 일을 겪더라도 그것을 바라보는 태도가 훨씬 더 중요하다는 사실. 이 세 가지를 기억하고 실천해보자. 혹시 누가 알겠나. 그동안 갈구했던 '마음의 힘'이 호랑이 기운으로 솟아날지. 제임스 앨런이 말한 대로다.

'우리는 나쁜 일로부터 배운다. 그러면 나쁜 일은 더 이상 나쁜 일이 아니다.'

# 아빠가
# 소싯적에
# 종이 좀 접었다

퇴근 시간이 되면 발걸음이 급해진다. 유치원을 마치고 태권도장에 가 있는 아이를 데리러 가야 하기 때문이다. 애타게 아빠를 기다리고 있을 녀석을 생각하면(막상 가면 그렇지도 않지만) 회사에서 집까지 한 시간 남짓 거리가 멀게만 느껴진다. 기를 쓰고 야근을 하지 않으려는 것도 애 덕분이다. (땡큐)

요즘 아내는 일이 많다. 며칠 동안 집에 일거리를 싸 오길래 그럴 거면 날 잡아서 야근하고 집중해서 끝내라고 했더니 그날이 오늘이다. (독박 육아 당첨이다.) 헐레벌떡 집에 도착해 옷을 갈아입고 태권도장으로 달려갔다. 아이를 안으며 물었다.

"아들, 오늘 엄마 늦게 온다는데 우리 뭐 할까?"

"글쎄? 근데 아빠, 나 오늘 밥 엄청 많이 먹었어."

"오! 잘했어!"

"그러니까 상 줘. 상!"

"어? 그래. 근데 무슨 상?"

"동영상."

"…집에 가서 책이나 읽자."

하지만 집에 가서 밥을 안치고 저녁 준비를 할 자신이 없다. 결국 근처 음식점에 들어가 새우튀김을 올린 오므라이스와 김치 돈가스를 주문했다. 언제부턴가 먹여달라는 말도 없이 스스로 밥을 퍼먹고 있다. 엄마가 없으니까 오히려 떼를 안 쓰는 녀석이 기특하기 그지없다. 말 잘 들었으니 상을 줄까(동영상을 보여줄까) 잠시 고민했지만 이내 마음을 접었다.

아이는 화요일과 금요일에만 30분씩 스마트폰을 할 수 있다. 물론 지키지 않을 때도 있지만 이제는 아이도 규칙을 알았는지 동영상을 보여달라고 떼를 쓰지 않는다.

"아빠, 종이접기 하자."

"그래! 근데 뭐 접지?"

"아빠, 학 접을 줄 알아?"

"당연하지!"

이 녀석아. 아빠가 이래 봬도 소싯적에 학 좀 접었다. (ㅋㅋ) 그런데… 생각이 안 난다. 식은땀이 나려고 하기 직전에 스마트폰으로 검색을 시작했다. 간신히 하나 접었다. 슬램덩크에 나왔던, '몸이 기억하고 있다(경기 중 부상으로 한쪽 눈을 못 뜨게 된 서태웅이 자유투를 쏘기 전에 한 말)는 말은 다 뻥이다.

어쨌든 종이학이 우아하게 날개를 펼치자 아이는 신이 나서 다른 것도 접어달라고 끈질기게 요구하기 시작했다. (그냥 실패할걸 그랬나…)

"거북이 접어줘. 아빠 거북이는 잘 접잖아."

이 녀석아. 아빠가 이래 봬도 소싯적에 거북이 좀 접었다. (ㅋㅋ2) 근데 너 내가 거북이 잘 접는 거 어떻게 알아? 예전에 식당에서 손 닦는 물수건(행주같이 두꺼운 거)으로 거북이를 접어준 일을 기억하고 있는 거야? 그렇다는 아이의 말을 믿어야 할지 모르겠지만 아무튼 거북이는 껌이지 인마.

순식간에 거북이를 접어 아이 앞에 턱 하니 올려놓았다. 그것도 세 마리. 아이도 신기했는지 자기도 알려달라며 색종이를 뭉텅이째 가지고 온다. (큰일 났다.) 결국 한 시간 동안 종이만 접었다는 슬픈 전설이….

"아빠, 근데 아빠는 왜 거북이만 잘 접어?"

"그러게. 다른 건 다 까먹었는데 거북이 접는 법은 안 잊어먹었어."

"아빠가 거북이라서 그런 거 아니야?"

"응? 그게 뭔 소리야?"

"아빠 맨날 그러잖아. 목 아프다면서. 거북이라고."

그런 말은 또 언제 들은 거야. 교통사고 이후에 목의 통증이 심해져 집에서 몇 번 보호대를 차고 있었는데. 그 모습을 보면서 엄마와 하는 얘기를 들었나 보다.

"우리 아들 그런 것도 기억해? 맞아. 아빠는 지금 거북이 목이야. 그러니까 아빠 너무 힘들게 하지 말아줘. 알았지?"

"응, 알았어."

아이는 거북이 오 형제를 더 만들고 나서야 지겨워진 듯 하품을 해 댔다. 양치하고, 세수하고, 손 씻고, 얼굴에 로션까지 쓱싹. 엄마가 지금 전철을 타고 부지런히 집에 오고 있다고 말하려다 참았다. 녀 석은 몇 번을 뒤척이다 이내 색색거리며 잠이 들었다. 아빠 미소를 지으며 머리를 쓰다듬었다. 참 많이 컸다. 녀석의 잠든 얼굴을 보며 무조건 건강해야겠다고 다짐했던 그날의 기억을 되새긴다. 문득 궁 금해졌다. 이 녀석, 오늘은 무슨 꿈을 꿀까? 거북이, 학, 아니면 엄마 아빠? 내일 꼭 물어봐야지.

## 우리 아이가
## 달라졌어요

바쁘다. 온종일 빡세게 일했지만 아직 다 못 끝냈다. 이대로라면 야근 각이다. 아내에게 먼저 가라고 카톡을 보냈다.

"여보, 나 오늘 좀 늦을 것 같은데. 애 데리러 갈 수 있어?"

"아, 나도 늦을 것 같아서 말하려고 했는데. 어쩌지?"

"별수 없지 뭐. 내가 최대한 빨리 끝내고 갈게."

"미안해. 나도 얼른 갈게."

볼일을 보다 만 듯 찝찝하게 퇴근했지만, 그것보다는 엄마 아빠를 기다리고 있을 아이가 자꾸 눈에 밟힌다. 다른 친구들이 다 집에 갔으면 어쩌지? 저녁은 뭘 먹여야 하지? 배고프지 않을까? 이런저런 걱정에 경부고속도로를 빠르게 지나간다.

맞벌이는 바쁘다. 아이를 데리고 집에 돌아오면 본격적으로 2차전이 시작된다. 해야 할 일이 산적하다. 온종일 땀 흘리며 뛰어다녔을 아이를 씻기는 일, 저녁 식사를 준비하고 밥을 먹는 일, 어질러진 물건을 치우는 일. 집안일에다 아이까지 돌봐야 하니 이것저것 하다

보면 벌써 재워야 할 시간이다.

문제는 이 녀석이 아빠의 바람대로 움직여주지 않는다는 점이다. 밥 먹는 것도 세월아 네월아요, 청소 좀 하게 책 좀 읽고 있으라면 어느새 다가와 "아빠가 읽어줘" 하며 투정을 부린다. 그러다 보니 잠자리에 드는 시간은 매번 밤 10시가 넘어가기 일쑤다.

이래서는 안 되겠다. '스스로 어린이(자기의 일은 스스로 하자)'가 되었으면 좋겠는데, 무슨 좋은 방법이 없을까? 고민을 거듭하던 중 묘수 아닌 묘수가 떠올랐다. 아이가 집에서 해야 할 일들을 체크리스트로 만들고, 하나씩 할 때마다 칭찬 스티커를 붙이게 하면 어떨까? 아이들은 스티커 붙이는 걸 좋아하니 어쩌면? 일단 해보자.

곧바로 노트북을 켜서 표를 만들었다. '아름다운 일주일'이라는 제목도 붙였다. 요일별로 집에 와서 해야 할 일들을 적었다.

"아들, 이 표 봐봐. 여기 있는 빈칸을 다 채우면 갖고 싶은 거 하나 사줄게. 알았지?"

말이 끝나기가 무섭게 달려가더니 냅다 손을 씻고 왔다.

"아빠, 나 손 씻었으니까 여기다 스티커 붙여도 돼?"

"당연하지. 다른 것도 하면 아빠한테 말해줘. 스티커 붙여줄게."

"응."

참으로 신기하다. 표 하나 만들었을 뿐인데 내 아이의 모습은 마치

〈우리 아이가 달라졌어요〉의 한 장면을 보는 듯했다. 평소에는 잘 먹지 않던 우유도 벌컥벌컥 마시더니 의기양양하게 스티커를 붙인다. 이렇게 하길 정말 잘했다. 셀프 칭찬을 이어가며 뭔가 역동적으로 변한 아이의 모습을 꿀 떨어지듯 바라보았다.

밥 먹기, 양치하기, 우유 마시기… 매일 똑같이 하는 일이었지만 표를 만들고 나서 아이의 행동은 달라졌다. 전부 다 붙이면 장난감을 사주겠다고 약속했으니 이 점은 분명 아이에게 동기부여가 되었을 것이다.

하지만 며칠 동안 아이를 지켜보니 꼭 장난감을 갖고 싶어서 그런 건 아닌 듯했다. 뭐 사줄까 물어봐도 아이는 별다른 얘기를 하지 않았다. (결국 동네 문구점에 가서 슬라임을 사달라고 하더라.) 이 녀석은 뭐가 그리 좋았을까. 어쩌면 체크리스트에 적힌 목표를 달성하고 스티커를 붙이는 그 행위 자체가 즐거웠던 건 아니었을까?

· · ·

나이를 먹어갈수록 '동기부여'라는 게 점점 희미해진다. 회사는 칭찬보다 질책이 많은 곳이다. 심지어 일을 잘했어도 돌아오는 건 월급뿐이다. 눈앞에 보이는 보상이 없어 그런 걸까. 해야 할 일도, 하고 싶은 것도 많지만 실제 행동으로 옮기기는 절대 쉽지 않다. 어쩌다 우리는 '타인이 주는 보상'에만 반응하게 되었을까.

동기부여 전문가가 아니라 이런 이론이나 용어가 있는지는 모르겠지만, 우리에게는 분명 '목표를 이루고 싶다'는 순수한 욕구가 존재한다. 눈앞의 보상이 없더라도 내가 하고 싶은 일을 해냈을 때 느끼는 기쁨과 즐거움이다. 경제적인 대가나 타인의 칭찬이 없어도 우리는 분명 목표를 달성하는 행복을 누릴 수 있다. 마치 내 아이가 함박웃음을 지으며 스티커를 붙이듯 말이다.

지금까지 남들이 주는 보상만을 좇으며 헐레벌떡 살아왔지만, 앞으로는 내 삶의 작은 목표를 하나하나 이뤄가는 마음으로 살겠다고 다짐했다. 오늘도 좋은 아빠로 살기(+스티커), 만나는 사람들에게 친절하기(+스티커), 설거지할 때 짜증 내지 말기(+스티커)…. 내 마음에도 칭찬 스티커를 붙여가며 사는 재미를 느껴봐야겠다. 혹시 누가 알리오. 이렇게 살다 보면 정말 좋은 일이 생길지도. (저는 보상을 바라지 않습니다만….)

# 벌써
# 2년

브라운아이즈의 〈벌써 일 년〉이라는 노래를 아시는지. 한때 죽기보다 듣기 싫어했던 노래다. (좋아했던 게 아니고?) 물론 지금은 아주 좋아한다. 감성 가득한 두 남자의 목소리와 슬픈 가사가 어우러져 당대 최고의 인기를 구가하던 이 노래를 싫어한 이유는 단순했다. 너무 많이 들었기 때문이다. 당시 나는 파란 수건(걸레)을 고이 접어 오른쪽에서 왼쪽으로, 왼쪽에서 오른쪽으로 힘겹게 침상을 밀어대고 있었다. 이게 무슨 상황인지 짐작하신다면 군필 아재 인증이다. 그렇다. 나는 이등병이었다.

멸치 대가리 같던 고참은 청소 시간이 되면 칼같이 이 노래를 틀었다. 매일 15분 남짓 반복 재생되었던 노래를, 그가 제대하기 전까지 두어 달을 들었다. 가사는 물론이고 기타의 멜로디까지 외울 정도였으니 할 말 다 했다. 입대한 지 1년은커녕 남은 날이 보이지 않는 캄캄한 현실인데, 노래 제목은 또 왜 그따구(?)인지. 그저 싫었다. 1년이 지나면 상병이 되어 있을 테고, 그때쯤이면 찌질한 내 군 생활도 조금은 풀리지 않을까? 기대를 뒤로하고 땀을 뻘뻘 흘리며 침상을 밀던 젊은 날의 모습이 처연하다.

• • •

재작년 이맘때쯤, 중국에서 퍼진 정체 모를 감염병이 국내에도 유행하기 시작했다. 유례없던 전염병의 공포에 사재기 현상이 나타났고, 아침마다 약국 앞에 길게 줄을 서는 진풍경이 연출됐다. 대규모 집단감염 사태에 특정 종교가 거론되고 정치적인 문제로까지 번지는 모습을 볼 수 있었다. 몇 번의 대유행과 소강상태를 지나 지금에 이르렀지만 우리는 아직도 채워진 입마개를 벗지 못하고 있다.

며칠 뒤면, 다음 달이면, 여름이 오면 괜찮아질 거라던 기대와 달리 코로나19는 꺾이지 않았다. 시간은 무심하게도 흘렀다. 그렇게 벌써 2년이 지났다. 덕분에 우리는 그동안 새로운 형태의 삶을 살고 있다. '뉴-노멀'이라는 말도 이제는 새삼스럽지 않다.

미세먼지까지 겹치는 날엔 정말이지 옆 나라가 원망스럽다. 하늘에 대고 욕이라도 퍼붓고 싶지만 전 국가적인 문제 앞에 나는 그저 초라한 인간 나부랭이일 뿐이다. 혼자 뭘 한다고 해결되지 않는다는 것도, 이런 현실을 바꿀 수 없다는 것도 잘 알고 있다. 그러니까 내가 할 수 있는 일이라곤 묵묵히 기다리고 조심하고 이 속에서 즐거움을 찾는 거다. 라인홀드 니부어 박사의 기도문처럼, 바꿀 수 있는 것을 바꾸는 용기와 바꾸지 못할 것을 받아들이는 평정, 그리고 이 두 가지를 구별할 수 있는 지혜가 필요한 시점이다.

언제 끝날지 모를 군 생활을 버텨내며 그랬듯, 나는 이 길고 긴 코로나의 터널 속에서 나름의 행복을 찾기 위해 애쓴다. 책을 읽고 글을 쓰고 주말이면 아이를 데리고 인적 드문 강과 호수와 바닷가로 캠핑을 떠난다. 한적한 곳에서 자연의 소리를 듣는 일이 얼마나 큰 힘이 되는지. 아마도 겪어본 사람만이 알 테다. 모두가 마찬가지로 힘들고 어려운 일투성이지만, 코로나 상황에서도 찾을 수 있는 긍정적인 신호에 집중하며 주어진 시간을 알차게 보내면 어떨까. 원망으로 가득 찬 하루를 보내기에는 내가 너무 아까우니까.

온종일 마스크를 뒤집어쓰고 생활하는 게 이제는 익숙해졌다. 여름에만 해도 덥고 답답하고 미칠 듯 힘들었는데, 사람은 역시 적응하는 동물이다. 마스크를 쓴 채 살아가는 우리의 일상을 셀프 응원하며, 마스크의 순기능을 몇 가지 적어보는 것으로 글을 마치려고 한다. 웃자고 하는 얘기만은 아니다. 지금의 팬데믹 상황을 버텨내는 모든 이들이 힘겨운 일상 속에서 할 수 있는 일을 찾으며 각자의 행복을 지켜나갔으면 하는 바람이다. 고통과 고난, 힘듦보다는 재미와 즐거움과 행복을 훨씬 더 많이 느끼며 살아가길 진심으로 바란다. 나도 그렇게 살 것이다.

마스크를 쓰면 좋은 점 다섯 가지

1. 면도나 화장을 안 해도 된다. (굿굿 베리굿!)

2. 자신의 입 냄새를 확인할 수 있다. (OMG!)

3. 자질구레한 호흡기 질환에 안 걸린다. (은근 건강해짐 ㅋㅋ)

4. 추울 때 방한 효과! (더울 땐 아 몰랑.)

5. 웃으면서 입으로 욕할 수 있음. (소리는 내지 말자.)


이만하면 살 만한 세상 아니겠는가!

# 너와 나의 역사,
# 우리의 역사

"아들, 벌써 태어난 지 6년이나 됐네?" (오오)

"뭔 소리야. 아빠, 나 지금 일곱 살이야."

"아… 그게 잘 들어봐. 나이로는 7년째인데 기간을 계산하면 내일이 딱 6년 되는 날이야. 맞지?" (나는 라떼)

"응 그러네." (관심 없음)

"어쨌든 우리 아들 생일 축하해. 뭐 갖고 싶어? 뭐 하고 싶어? 아빠가 다 해줄게." (아빠 미소)

"그럼… 아빠 스마트폰으로 게임해도 돼?" (응?)

"어, 그래." (시무룩)

내일은 아이의 여섯 번째 생일이다. 어떤 선물을 해줘야 할까 나름 고민했는데, 녀석은 게임만 하게 해준다면 장난감 따위는 필요하지 않다며 어깨를 들썩거렸다. 아이의 말에 피식 웃으며 머리를 쓰다듬었다. (돈 굳었다.)

"아빠, 근데… 역사가 뭐야?"

생일 얘기하다가 난데없이 역사를 묻다니. 그 말은 어디서 배웠니? 신기할 정도로 녀석의 어휘력이 일신우일신이다. 급작스런 질문에 어떻게 대답해줘야 할지 몰라 대충 둘러댔다.

"역사는 말이야. 음… 우리가 지나온 날들이야. (내가 대답했지만 쫌 멋지다.) 우리나라 역사는… 어린이집에서 배워서 알지? 단군 할아버지부터 고구려, 백제, 신라, 고려, 조선… 그게 역사야."

"와, 그럼 아빠 우리 집도 역사가 있어?"

"당연하지. 이 집이 생기기 전에는 그냥 땅이었겠지? 여기에다가 아파트를 짓고 다른 사람들이 살다가 이사 가고, 지금은 우리가 살고 있지? 그게 우리 집의 역사야."

제대로 이해했는지 아빠의 이야기가 따분하게 들렸는지 아이는 그 질문을 끝으로 품에 안겨 새근새근 잠이 들었다.

침대에 누워 팔베개를 하고 마주 보는 아이의 얼굴이 문득 낯설다. 똥 기저귀를 갈던 게 엊그제 같은데. 처음 어린이집에 갔던 날, 넘어져서 아스팔트에 얼굴을 박고 코피를 흘렸던 날, 아빠 책에 자기 얘기가 나왔다며 페이지를 열고 꼬깃꼬깃 용돈을 끼워 넣던 날. 녀석과 함께 살아온 순간들이 영화의 한 장면처럼 스쳐 지나갔다.

그래. 이것도 역사다. 너와 나의 역사. 우리 가족의 역사. 그거 아니? 네가 태어나고 아빠의 역사에는 줄곧 네 녀석이 같이 있었다는 것을. 우리가 지나온 날, 앞으로 살아갈 날, 그리고 오늘. 말 그대로 우리는 지금 역사를 만들어가고 있다는 것을. 아빠의 아빠가 그랬듯 우리는 이렇게 서로의 역사에 중요한 일부분이 되어 살아가고 있다는 것을.

아빠의 역사가 교과서에 나오지는 않겠지만, 시간이 흘러 꼬부랑 할아버지가 되더라도 너와 함께했던 역사의 순간은 잊지 않으려고 한단다. 지금까지의 6년, 그리고 앞으로 네가 만들어갈 역사의 주요 장면에 아빠가 늘 좋은 모습으로 기록되길. 그렇게 되기 위해 항상 노력할 거니까.

미운 일곱 살, 지지리도 말 안 듣는 네 녀석을 생각하며 글을 쓰는 이유는 그저 건강하게 잘 자라줘서 고맙기 때문이란다. 생일이라서 그런 거 아니다. 언제 커서 이 글을 볼는지는 모르겠지만 아빠는 늘 네 뒤에 서서 네가 만들어가는 역사를 응원할 거야. 몸도 마음도 바르고 건강하게, 하고 싶은 거 마음껏 하면서 재밌게 살길. 너의 역사는 좋은 것들로 가득 채워졌으면 좋겠다. 아빠보다 훨씬 더 많이 말이야.

아들, 생일 축하해. 베리베리 머치로! 아빠 맘 알지?

## 당근마켓에서
## 생긴 일

"아빠, 나 책 사줘."

내가 뭘 잘못 들었나? 이 녀석이 책을 사달라니…. (근데 되게 기쁘다.)

"아들, 지금 책 사달라고 한 거야? 아이고 예뻐라. 무슨 책 사줄까?"

"그거 있잖아. 와이(WHY) 책 사줘."

심지어 아이가 원하는 책은 과학 학습 만화로 유명한 WHY 시리즈. 그렇다면 안 사줄 이유가 없지 않은가!

재빨리 당근 앱을 켰다. 그동안 말은 안 했지만 나는 당근 온도가 45도(HOT)에 육박하는 열혈 당근러다. 아이들 책은 한번 사놓고 안 보는 일이 많아 당근에서 업어 오곤 한다. WHY 책을 검색하니 아니나 다를까 수두룩하게 나온다. 그중에서 연식(?)과 상태가 괜찮은 책을 발견했다. 가격도 좋다. 판매자에게 채팅을 보냈다.

"안녕하세요. 책 구매 원합니다."

"네. 안녕하세요. 여기는 어디 어디 아파트입니다. 언제 가능하신

가요?"

"지금 당장도 가능합니다만."

"제가 잠깐 나가야 해서, 문 앞에 포장해서 내놓을게요. ○○동 ○○호고요, 현관 번호는 ○○○○입니다. 금액은 계좌로 보내주세요."

코로나 시대라 그런지 문고리로 거래하자는 판매자의 말이 반갑게 느껴진다. 서로 얼굴 안 보고 물건을 받아오는 게 편해졌다는 사실이 조금은 쓸쓸하긴 하지만….

약속 시각이 되어 아이를 데리고 나왔다. 집에서 15분 정도를 달려 판매자가 사는 아파트 입구에 도착했다. 입구가 바리케이드 차단 봉으로 막혀 있는데 별다른 장치 없이 인터폰뿐이다. 호출을 눌러 보안 직원분께 말씀을 드렸다.

"어떻게 오셨나요?"

"○○동 ○○호에 물건 받으러 왔습니다."

"아, 그러면 거기 연락하셔서 차량 번호 등록해달라고 하세요."

"네? (뭐가 이리 복잡해) 아… 알겠습니다. 잠시만요."

판매자에게 다시 채팅을 보냈다.

"입구에 도착했는데 차량을 등록해야 한다고 합니다. 차 번호는 ○○○○입니다. 부탁드립니다."

그런데…

답이 없다. 불러도 대답 없는 그대. 시간이 지나도 사라지지 않는

'1'을 보며 전화 버튼을 눌렀다. (다행히 거래 약속을 지정해놔서 전화가 가능했다.)

'뚜루루루루루~.'

"…"

답이 없다. 다시 불러도 대답 없는 그대… 아우! 이 사람아. 아무리 문 앞에 내놓고 나간다고 해도 약속을 했으면 전화를 받아야 할 거 아니야! 이런 사발면 아이스크림 같은 인간아!(라고 속으로 욕을 해댔다.)

몇 번의 통화 연결이 불발로 끝났다. 보안 쪽에 아무리 얘기를 해봤자 문을 열어줄 생각을 하지 않는다. (이분 일 정말 잘하시는 거다.) 결국 아파트 입구 상가 주차장에 차를 댔다. 걸어서는 들어갈 수 있다고 하니까.

아이의 손을 잡고 ○○동을 찾아 걸었다. 진짜 덥다. 여긴 또 왜 이렇게 먼 거야. 가까스로 찾아 물건을 픽업했다. 예상대로 겁나 무겁다. 내 팔… 내 허리… 땀은 터지고, 애는 덥다고 징징대고. 정말 미.추.어.버.리.겠.다.

머리끝까지 화가 났다. 일찌감치 튀어나온 분노가 정수리에서 춤을 추고 있다. 하지만 아이 얼굴을 보니 짜증을 내뱉을 수가 없다. 잠시 책을 내려놓고 아이의 손을 꼭 잡았다. 따뜻함을 진작 초과한 날씨 덕분에 꽤 끈적끈적했지만, 고사리손을 타고 올라오는 아이의 촉감에 화가 조금씩 녹아내렸다.

땀 샤워를 하며 책을 차에 실었다. 채팅 창에 뭐라 뭐라 할까 잠시 고민하다가 도로 집어넣었다. 연락이 안 된 건 괘씸했지만 뭐, 사람이 살다 보면 그럴 수도 있지. 나조차도 가끔 실수하고 잘못을 하니까.

그렇게 화 한번 안 내고 책값을 입금하고 집으로 돌아왔다. 30분쯤 지나서 판매자에게 죄송하다고 연락이 왔다. 알고 보니 판매자도 이사 온 지 얼마 안 되어서 차량을 미리 등록해야 하는지 몰랐다고 한다. 그러곤 집 앞에 책을 내놓고 밖에서 운동하다가 내 연락을 못 받았던 것이었다. 연신 죄송하다며 책값을 그냥 돌려주겠다는 판매자에게 괜찮다고 하며 마무리를 지었다.

잘했다. 화내지 않고, 싫은 소리도 않고, 그렇게 끝내길 정말 잘했다. 아이가 옆에 있었던 이유도 있었지만, 이번 일 덕분에 '화'라는 감정을 조금은 객관적으로 보게 되었다고나 할까? 그래. 그럴 수도 있지. 그쪽도 나름대로 사정이 있었겠지. 성질머리 더러운 분노 전문가 출신의 꼰대 아재가 이런 생각까지 하다니 그저 기특할 따름이다. (잘했어 짜샤!)

살다 보면 감정의 폭풍에 휘말려 또 다른 문제를 만들어내는 경우를 종종 본다. 분노의 감정뿐만 아니라 욕심이나 질투, 심지어 사랑의 감정도 그렇다. 좋은 감정이라도 과하면 부작용이 있을 수 있으니, 마음속에서 사나운 감정이 꿈틀댄다면 잠시 옷장 속으로 집어넣고 지그시 녀석을 바라볼 수 있다면 어떨까.

하여간 토네이도 한복판에서 멀쩡하게 돌아왔으니 오늘은 무사 귀
환 파티를 해야겠다. 고생했다. 앞으로도 단단하게 살아보자.

# 당신은
## 나의
### 저장소

업무 중에 자꾸 아내가 메시지를 보낸다. 시도 때도 없이 울리는 알림을 꺼놓을까 잠시 고민했지만, 행여나 급한 일일 수도 있겠다 싶어 그냥 두었더니 이런다. 막상 확인해보면 별거 아니다. 본인(아내)의 업무에 쓸 사진이나 캡처 화면, 보고서에 들어가는 문구 등이 태반이다.

"여보, 대체 이런 걸 왜 자꾸 보내는 거야? 내가 뭐 도와줘?"

그랬더니 돌아오는 대답이 가관이다.

"몰랐어? 당신은 내 USB야. ㅋㅋ"

"헐~ 당신 업무를 위해 깨똑 대화 창을 이용한다는 거니? 메신저에 '나와의 채팅' 기능은 밥을 말아 먹었니? 설마 모르니? 나도 업무 중이니까 배려 좀 해줄래?"

에라. 핀잔 아닌 핀잔을 건네보지만 바쁜지 반응이 없다. 그나저나 내가 USB라니. 피식 웃음이 나온다. 이 여자가 이렇게 표현력이 좋았나? 아내의 비유에 감탄하며 생각해보니 그러네. 당신 말이 맞네.

결혼 9년 차. 함께 쌓아가는 시간만큼 두꺼워진 기억들. 너와 내가 가족이라는 이름으로 만들어낸 삶의 자취가 고스란히 마음속 USB에 저장되어 있다. 용량은 5만 테라바이트(TB)쯤 되려나? 서로에게 가장 중요한 사람이 되어 같은 시간을 살아가는 우리는 앞으로도 얼마나 많은 사진과 영상을 기록할 수 있을까.

별것 아닌 단어 하나 때문에 어느새 서로의 저장소가 되어버린 부부는 오늘도 티격태격하며 하루를 보내고 있다.

'깨똑, 깨똑~.'
"아 쫌! 그만 보내라고…."

# 수능 날
# 아침

여느 때와 같이 분당-내곡 간 고속화도로를 타고 출근 중이다. 시간이 이르기도 했고 게다가 오늘은 수능 시험 일이라 평소보다 교통 상황이 여유롭다. 뻥뻥 뚫린 도로를 따라 스무스~하게 앞으로 가고 있던 중이었다. 그런데 갑자기 내곡터널 중간쯤부터 정체가 시작됐다. 이상하다. 이렇게 막힐 리가 없는데. 앞에서 사고라도 났나? 그래도 출근 시간까지 한참 남았기에 세월아 네월아 하며 요즘 꽂힌 임영웅의 노래를 흥얼거렸다.

앞으로 조금씩 가보니, 저 멀리 소형 SUV가 비상등 깜빡이를 켠 채 정차해 있다. 아, 사고 났구나. 근데 서 있는 건 달랑 한 대뿐이다. 뭐지? 기둥에 받았나? 하면서 앞차를 따라갔다. 그리고 사고 지점에 다다랐을 때 생소한 광경을 목격할 수 있었다.

오 마이 갓. 이럴 수가. 비상등을 켠 차량 뒤편에 60센티미터는 될 법한 동물이 피를 철철 흘리며 쓰러져 있었다. 고양이라고 하기에는 사이즈가 큰데… 창문을 열어보니 고라니다. 그것도 앳된 얼굴의 새

끼 고라니. (ㅜㅜ) 차를 세울 수가 없으니 죽은 건지 기절한 건지 살펴볼 겨를이 없다. 안타까운 마음을 구겨 넣은 채 현장을 지나쳤다.

사무실에 들어와 커피를 타며 아까의 상황을 떠올렸다. 처음이다. 출근길에 동물 사고를 목격하다니. 정황상 사고가 난 지 얼마 되지도 않았다. 행여나 살아 있었을까. 그나저나 고라니는 왜 그 시간에 위험한 도로를 건너서 이 사달을 만들었나. 그리고 녀석에겐 미안하지만 고라니를 친 차량 운전자의 심정은 어땠을까. 어쩌면 그는 나처럼 출근하는 직장인이었을 수도, 수험생을 태우고 시험장으로 가던 부모였을지도 모른다. 차 앞으로 돌진하는 고라니를 보았을 때 얼마나 놀랐을까. 하마터면 내가 고라니를 치었을 수도 있었겠다 등등… 수많은 생각이 머릿속을 가득 채운다.

돌이켜 보니 그렇다. 사실 이 사고는 누구도 의도한 게 아니다. 차량 운전자에게도 고라니에게도 잘못이 없다. 그저 상황이 그렇게 흘러갔을 뿐. 연유도 모른 채 차에 치인 고라니처럼, 출근길에 생각지도 못한 고라니를 만나 어쩌면 평생 트라우마를 안고 살아갈지도 모르는 운전자처럼, 세상은 알 수 없는 우연들이 모여 의도하지 않은 결과를 만들어낸다. 엄밀히 말해서 우리는 앞으로 무슨 일이 일어날지 전혀 알 수 없다. 우리가 아무리 계획을 세우고 준비한다고 하더라도, 결국 우리는 아무것도 모른다. 안타깝지만 이것이 엄연한 사실이다.

쌀쌀한 날씨에 안타까운 사고를 보면서, 내가 어쩌지 못하는 시간의 흐름과 다른 존재의 움직임과 타인의 말과 행동과 그 밖에 수많은 것들을 생각했다. 이런 불완전한 공존 속에서 나는 내게 주어진 시간을 살아간다. 과거를 바꿀 수도, 미래를 예견할 수도 없는 연약한 인간이지만, 덕분에 지금의 소중함을 다시 느끼며 오늘의 시간을 차곡차곡 쌓아가고 있다. 누구도 알 수 없는 것들 앞에서 일말의 두려움도 느끼지 않는다면 거짓말이겠지만, 나는 그저 '지금, 여기'에서 최선을 다할 뿐이다. 그게 내가 할 수 있는 유일한 것이기에.

3부 · 그럼에도 불구하고 그만두고 싶다

# 그럼
# 뭘 하고
# 싶으냐

좋아. 이제 제대로 써보자. 그만두고 싶다며? 그럼 무슨 일을 하면서 살고 싶은데?

· · ·

나는 16년 차 직장인이다. 말로는 힘들게 버틴다고 하지만 사실은 나름대로 '잘' 버티고 있다. 경력이 어느 정도 쌓였기에 대부분의 업무는 루틴하게 처리한다. 업무량이 넘쳐 치사량이 될 정도는 아니다. 바쁠 때도 있지만 웬만하면 일과 중에 끝내려고 한다. 나는 세상에서 야근이 제일 싫다. 함께 일하고 있는 사람들도 좋은 편이다. 어느 조직이나 또라이(?) 질량 보존의 법칙이 적용된다곤 하지만, 이곳은 괜찮다. (혹시 내… 내가 또라이인가?) 하여간 아~주 힘들지 않음을 감사하며 살고 있다.

월급은 어떤가? 많이 부족하지도 풍요롭지도 않은 정도다. 물론 이

건 생각하기 나름이다. 나도 사람이기 때문에 딱 100만 원만 통장에 더 찍히면 좋겠다는 생각을 가끔… 아니 매우 자주 하지만, 고것은 내가 원한다고 되는 게 아니니 크게 신경 쓰지 않기로 했다. 있는 거 아끼고 불리고 하다 보면 조금씩 좋아지지 않겠나. 아직 우리 부부가 맞벌이라 그런 것일 수도 있겠다.

그러므로 지금 나의 직장 생활을 한마디로 표현하자면 '그저 그런 평범함' 그 자체다. 좋게 말하면 평온하게 일하고 있다. 하지만 이 표현을 속단하지는 말아달라. 갈등이 없다거나 상처를 받지 않는다는 뜻은 아니니까. 나 역시 직장 스트레스로 힘겨워하며 상사와 동료, 후배와의 관계를 걱정하고, 업무와 직장 생활에서 좋은 의미를 찾기 위해 엄청나게 노력하고, 고민하고, 애쓰고 있다. 조직 생활은 절대 쉽지 않다.

• • •

한때 심각하게 퇴사를 고민한 적이 있었다. 당시의 기분을 돌아보자면 출근길 발걸음부터가 천근만근이었다. 터벅터벅 한 발자국씩 회사와 가까워질수록 심장이 벌렁거렸다. 사람이 싫었고 일도 싫었다. 실제로 사직서를 작성해 출력해 보기까지 했다. 그런데도 그만두질 못했다. 용기도 없었지만 그보다 더 중요한 건 아무런 대책이 없었다는 거였다.

그만두고 난 뒤의 상황을 전혀 상상할 수 없었다. 나는 내가 무엇을 좋아하는지도, 어떤 일을 하고 싶어 하는지도 모르는 사람이었다. 설령 이런 게 있다손 치더라도 가족에게 불안함을 심어주는 행동을 하기 싫었다. 그만둔다고 당장 입에 풀칠이야 못하겠냐만, 크든 작든 경제적인 어려움이 재깍 튀어나올 것이다. 당장 이번 달 월급이 들어오지 않는다면? 아이 장난감 하나를 사는 데도 엄청난 고민을 하게 될 테다. 아아, 그러긴 싫다.

그만두고 싶다. 그만둘 수 없다.

두 개의 문장 위로 오랜 시간 동안 마음의 징검다리를 건넜다. 그러다 결국 '버티기'를 선택했다. 50세가 될 때까지 무슨 일이 있어도 직장에 붙어 있기로 했다. 그때까지 저 위에 있는 질문에 대한 답을 찾으면 된다. 자, 이제 내가 좋아하는 일을 찾아보자. 대체, 너는, 뭘 좋아하냐? (나에게 하는 말이다.)

• • •

"아빠! 일루 와봐. 이거 되게 재밌어!"

"응? 뭔데? (귀찮음)"

"(안 알려줌) 얼른얼른~."

막상 가보니 별것 아니다. 아이는 유튜브에 나오는 민속놀이(=외줄 타기) 영상이 서커스 같다며 신기해하고 있었다. 혼자 보기에 아까워서 그런 거야? 피식 웃으며 일어나려는데 아이가 나를 잡는다.

"가지 마, 같이 봐."

"어… 아빠 지금 바쁜데…."

이렇게 말하면서도 어쩔 수 없이 옆에 붙어 앉았다. 그 모습을 보며 아내가 한마디 건넨다.

"어쩜 그렇게 똑같냐. ㅋㅋㅋ"

"뭐가 똑같아…. 나 지금 설거지해야 한다고."

"오빠도 맨날 그러잖아. 재밌는 영화 보면 무조건 같이 보자고 하고. 중간에 자는지 안 자는지 막 검사하고…. ㅋㅋㅋ"

"하하… 그런가? (할 말 없음)"


그랬다. 우리 부부는 가끔 밤에 영화를 보는데, 내가 예전에 아주 재미있게 보았던 영화를 아내에게 소개하는 경우가 있다. 그러면 나는 같은 영화를 두 번 보는 셈이지만, 아내가 꼭 봐줬으면 하는 마음에 중간마다 "자니?"라고 몇 번 물어봤던 기억이 난다. 내가 재미있게 봤으니 너도 그래야만 해! 쓰고 보니 라떼도 이런 라떼가 없다. 꼰대스럽기 그지없는 나의 행태를 반성하던 중, 문득 이런 생각이 들었다.

'아… 나는 내가 좋아하는 걸 다른 사람에게 알려주는 일을 참 좋아하는구나.'

나쁘게 말하면 강요에 핍박에 상 꼰대 짓이라 할 수도 있겠지만,

그 대상이 타인에게 긍정적인 영향을 주는 것이라면⋯ 괜찮지 않을까? 아, 물론 그 '좋은' 건 나에게만 좋은 게 아니라 다른 사람에게도 그래야 하겠지만. 그렇다면 내가 할 수 있는 일은 무엇일까? 대답은 비교적 간단하다.

좋은 걸 찾아내서 다른 사람과 공유할 것.

어라, 이거 꽤 괜찮은데? 아무 생각 없이 쓴 글에서 뭔가 의미 있는 결론이 나올 것 같은 너낌적인 너낌. 아직 불분명한 콘셉트이지만 다음 글에서는 조금 더 발전할 수 있길 바라며 일단 오늘은 여기서 스톱.

# 인피니티 풀 infinity pool

눈을 떴다. 비몽사몽 상태에서 자동으로 손을 뻗어 머리맡에 놓인 스마트폰을 집어 들었다. 지금 몇 시지? 아… 벌써 일어나야 할 시간이네. 근데 오늘따라 왜 이렇게 출근하기 싫은 거냐. 따뜻한 이불 속에서 뭉그적대며 인터넷 창을 열었다. 화면 가득 새로운 소식들이 나를 반긴다. 어제 손흥민 선수가 골을 넣었나? 에라. 졌네. 코로나 환자는 더 늘었고… 정치인들의 싸움은 보기만 해도 속이 터진다. 어휴. 안 그래도 회사 가기 싫어서 짜증이 복받쳐 올랐는데 뉴스를 보니까 기분이 더 나빠진다. 아아, 괜히 봤어. 이래저래 오늘 참 우울하다.

능장을 부린 덕에 하마터면 지각할 뻔했다. 온종일 일에 끌려다녔다. 집중할 만하면 걸려오는 전화에 이메일에 상사의 부름에… 제대로 일을 할 수가 없다. 탈진 상태로 집에 돌아오니 설거지며 빨래며 해야 할 일은 산더미처럼 쌓여 있고 아이는 놀아달라며 떼를 쓴다. 여보세요… 거기 누구 없나요? 젠장, 박카스가 100병 정도 필요한 날이다.

마흔둘 권 모 씨가 보내던 '보통의 날들'이다. 어찌어찌 살아내고 있는데 볼트가 빠진 장난감처럼 이리저리 삐걱거린다. 나는 왜 이렇게 바쁜 걸까? 내 시간은 왜 이렇게 부족한 걸까? 하루가 서른 시간쯤 되었으면 좋겠다. 온전히 나를 위한 시간이 주어진다면 얼마나 좋을까.

· · ·

몰랐다. 세상에는 내 시간을 빼앗아가는 놈들이 가득하다는 것을. 정신 바짝 차리고 주의를 집중하지 않으면 쥐도 새도 모르게 다가와 코를 베어가는 녀석들이 있었다. 《메이크 타임》의 저자 제이크 냅은 이 녀석들을 '인피니티 풀'이라고 부른다. 말 그대로 물과 하늘이 맞닿은 것처럼 경계가 없어 보이는 수영장이다. 밑도 끝도 없이 올라오는 새로운 정보들을 말한다.

스마트폰을 처음 사용했던 10여 년 전부터 새로 생긴 습관 하나가 있다. 그건 바로 하루에 한 번이라도 뉴스를 보지 않으면 뭔가 똥을 싸다 만 듯한 안 좋은 느낌이 든다는 것이었다. 사실 습관이라기보다는 중독에 가까웠다. 나는 늘 새로운 것을 원했고 세상이 가져다주는 자극적인 소식들을 사랑했다.

　여기에서 끝이 아니었다. 뉴스로 시작한 나의 스마트폰 중독은 점차 SNS 영역으로 확대됐다. 인스타그램에 게시물을 하나 올리고 울려대는 '좋아요' 알림이 그렇게 황홀할 수가 없었다. 그러면 그 '좋아요'를 눌러준 사람의 계정에 가서 시간을 보냈다. 얼마 지나지 않아 여기에 웹툰이 추가됐다. 한번 빠지면 다음 화가 궁금해 도무지 참을 수가 없었다.

도대체 나는 하루에 몇 시간 동안 화면을 들여다보고 있었을까? TV까지 합치면 정말이지 어마어마할 테다. 다행스럽게도 이 화면에는 회사 모니터를 제외했다.

한국의 경우 전체 이용량에선 TV가 스마트폰 대비 조금 앞섰다. TV와 스마트폰 하루 평균 이용 시간은 각각 2시간 51분, 1시간 55분으로 전년 대비 각각 9분, 16분 증가했다. _〈조선비즈〉 2021. 2. 2. 기사 중에서

하루에 TV는 3시간, 스마트폰은 2시간 정도 이용한다는 뜻이다. 물론 이건 전 연령대의 평균이므로 젊을수록 스마트폰의 비중과 시간이 늘어날 것이라 쉽게 예상할 수 있다.

끊임없이 올라오는 정보의 홍수와 SNS의 바다. 그리고 나 역시 '인피니티 풀'에 빠져 허우적거리고 있었다는 걸 깨달았다. 하루가 부족하다 느낀 건 내가 온종일 수영장에서 놀고 있었기 때문이었다. (젠장)

"하지만 반지에 더 신경 쓰이지 않는 건 어떤 면에서는 다행이네요. 때때

로 반지가 저를 지켜보는 눈처럼 느껴졌거든요. 주머니에 그게 없으면 맘 편히 쉬질 못했어요."

_ 영화 〈반지의 제왕〉에서 빌보 배긴스가 한 말

위 대사에서 '반지'를 '스마트폰'으로 바꿨을 때 말이 된다고 생각한 다면 당신도 중독의 길 어딘가에 서 있는 것과 같다. 끝없이 나를 부르는 수영장 주인의 목소리를 이제는 무시하자. 그리고 스마트폰의 지배자가 되어 내가 필요할 때만 활용하는 진짜 스마트한 사람이 되어보자. 그렇게만 된다면 하루는 분명 24시간보다 길게 느껴질 것이다. 여전히 내게는 어려운 숙제다. 중독의 끝자락에서 인스타그램을 지울까 말까를 고민하는, 나는 아직 유혹에 흔들리는 마음 약한 마흔 둘 아재일 뿐이다.

그리하여 나는 이제부터 스마트폰의 지배자가 되기로 했다. 사실 이건 모두 책에서 배운 내용이다. 일단 인터넷 첫 화면에 뉴스가 나오지 않도록 했다. 브런치와 인스타그램을 빼고 SNS 앱을 삭제했다. 모든 앱의 알림을 거부하고 스마트폰의 첫 화면을 비웠다. 그리고 손목시계를 찼다.

일주일을 살아봤다. 결과는 놀라웠다. 뉴스를 며칠 안 봤는데 아무 일도 일어나지 않았다!

# 포기가
# 빠른 남자,
# 불꽃 남자

바빴다. 그냥 바쁜 게 아니고 무지하게 바빴다. 회사에서는 단기 프로젝트를 맡아 처리했고, 집에 와서는 똑같이 청소와 설거지를 했다. 무엇보다 벌여놓은 일들이 많아 하나씩 하나씩 해치워야 하는데 허리에 목에 여기저기 쑤시고 아파서 정신을 차리기 힘들었다. 어쨌든 두 번째 책 최종 교정본을 완성해 출판사에 보냈다. 한숨 돌리고 나니 잠시간 멈췄던 글쓰기가 생각났다. 이제 다시 달려봐야겠다.

다시 시작하려니 왜 이렇게 막연한지. 어떤 주제로 써야 할까 상당 시간을 고민했다. 며칠 동안 원고만 들여다봤더니 머릿속이 하얗다. 몰입의 부작용이라고 할까. 사람은 두 가지 생각을 동시에 할 수 없다더니 정말 맞는 말이다. 교통사고 이후 어깨 통증이 심해져 운동도 쉬고 있다. 아무리 생각해도 회복이 먼저다. 몸이 힘들다는 핑계로 요 며칠 동안 엄청 늦게 일어났다. 아, 이러다가 예전처럼 이도 저도 아닌 상황이 될까 봐 걱정된다.

나는 '포기'가 빠른 사람이다. 좋게 얘기하면 내 깜냥을 잘 아는 거고, 나쁘게 보면 그릿Grit(정확히 들어맞지는 않지만 '끈기'라고 하면 될 듯하다)이 한참 부족하다. 하고 싶은 게 많았지만, 용기도 없고 끈기도 없는 관계로 도전과 포기를 밥 먹듯이 해오던 사람이었다. 어느 정도 해보다가 안 되겠다 싶으면 굉장하리만치 쉽게 포기한다. 하지만 나는 이런 내가 싫지 않다. (내가 나를 싫어하면 어찌하오리까… 이런 콘셉트다. ㅋㅋ) 분명 눈을 잘 씻고 찾아보면 내게도 강점이 있을 것이다.

그리하여 나의 포기 DNA를 곱게 포장해보려고 한다. 포기를 잘한다…. 돌려서 생각해보자니, 포기를 잘하려면 일단 그만큼 시도 <sub>attempt</sub>를 많이 해야 한다. 그렇다. 나는 '시도'하는 것을 좋아한다. 쉽게 말해서 '실행력 갑'이다. 가끔은 신중치 못한 결정으로 아니함만 못한 결과를 초래할 때도 있지만, 할까 말까를 고민하며 끙끙 앓는 것보다는 훨씬 낫다고 생각한다. 나는 잘 움직이고, 행동하고, 도전하는 사람이다. 생각만 하던 걸 글로 써보니 확실히 알겠다. 내가 이런 사람이라는 것을.

그동안 하고 싶은 게 참 많았지만, 일단 다섯 개만 적었다.

　① '벚꽃엔딩' 같은 히트 곡 작곡하기 (할 수 있겠나.)
　② 책 출간하기 (오호)
　③ 손 글씨로 폰트 만들기 (생각보다 노가다였다.)

④ 캠핑장 운영하기 (아직 ing…)

⑤ 복부에 잃어버린 임금님(王) 찾아오기 (이번 생에 가능할까.)


하하. 정말 웃음만 나온다. 분명 저것들은 내가 꽤 오랫동안 생각해 왔던 '희망'이자 '꿈'이자 '목표'였다. 그리고 나는 분명 저 다섯 가지를 모두 시도했다. 전부 실행에 옮겼다는 뜻이다. '캠핑장 운영하기'라는 꿈을 꾸며 실제 매물로 나온 캠핑장 부지를 검색하고 임장을 다녀오기도 했다. 손 글씨로 폰트를 만들기 위해 블로그를 보며 2,000자가 넘는 글자를 직접 적었다. 그러나 전부 포기했다. 해보니까 알겠더라. 이건 내가 할 깜냥이 아니라는 걸.

여기에서 내가 하고 싶은 말은 '포기'의 영역에 관한 이야기가 아니다. 정확히 그 반대다. '실행'함으로써 좋은 결과를 얻을 수 있다는 말이다. 분명 용기와 끈기가 부족해 도전과 포기를 밥 먹듯이 했지만, 그중에서 딱 한 가지 목표를 이뤄낼 수 있었다. 어찌 됐든 책을 출간했으니까! 다섯 개 목표에 도전해서 하나 해냈다! 성공률 20퍼센트!

겨우 20퍼센트라고? 아니, 나는 '무려' 20퍼센트라고 생각한다.

물론 그런다고 반드시 성공한다는 뜻은 아니다. 책을 썼다고 전부 베스트셀러가 되지 않는 것처럼 말이다. (여러분 이 책을 많이 사랑해주시지 말입니다.) 하지만 이러한 분야를 발견하는 작업은 분명 우리 인생에서 아주 중요한 의미가 있다고 본다.

40년을 살면서 성공률 20퍼센트라. 훌륭하지도 않지만 그렇다고 깔볼 필요는 없다. 아직 내가 할 수 있는 방법이 두 가지나 있기 때문이다.

### 방법 1

성공률을 높인다. 만약 내가 조만간 열심히 운동해서 배에 임금 왕 자를 새긴다면, 나의 성공률은 40퍼센트가 될 테다. (언제요? ㅜㅜ)

### 방법 2

성공률이 그대로라면, 다른 목표 다섯 개를 정하고 도전한다. 죄다 포기할 수도 있겠지만 평균의 법칙에 따른다면 하나 정도는 성공하지 않겠나. 그러니까 걍~ 해보는 거다. 그릿 따위는 부족해도 괜찮다. 나는 원래 끈기가 부족한 사람이니까. 그러고 보니 나 꽤 용기 있는 사람이잖아? (요거 괜찮다. 또 도전해!)

여기까지 와보니 앞으로 해야 할 일은 생각보다 단순하다.

끝없이 실패하고 포기하는 과정을 거친 후에도 끈질기게 살아남는 녀석이 있다면 반드시 붙잡을 것.

# '티끌 모아 태산'의
# 반대말은?

나는 사무직이다. 하루에도 몇 장씩 보고서를 만들고 기안을 올린다. 방송 작가나 기자는 아니지만 주로 하는 일이 '문서 작성'이니까 나 역시 글 쓰는 게 업(業)인 사람이다. (근데 이렇게 우겨도 되나.)

글쓰기 능력과는 별개로 나는 '글씨'에 관심이 많았다. 어릴 때부터 글씨 잘 쓴다는 말을 종종 들었다. 초등학교(국민학교) 때는 학급을 대표해 손 글씨로 책자를 만들었고, 중고등학교 시절에는 서기를 맡아 학급일지를 썼다. 반장과 부반장을 못 해본 나로서는 학창 시절 '서기'가 최고의 보직인 셈이다.

하여간 지금도 글씨를 좋아한다. 요즘에는 손 글씨뿐만 아니라 '서체(폰트)'에도 관심이 많다. 어쩜 그렇게도 예쁘고 아기자기한 서체가 많은지. 회사에서 문서를 만들 때도 성격에 따라 폰트를 바꾼다. 같은 서체라도 자간과 장평, 줄 간격 등을 수정하면 다른 느낌이 난다. 좋아하는 걸 조금씩 모으다 보니 회사 컴퓨터와 내 노트북에는 1,000개가 넘는 서체가 저장되어 있다. 나는 폰트 부자다.

· · ·

신나게 글씨에 관한 글을 쓰다가 주제를 까먹을 뻔했다. 오늘은 돈 얘기를 할 거다. 그만두려면 일단 돈이 필요할 테니까. 근데 글씨가 어떻게 돈 얘기가 되냐고?

어젯밤, 아이를 재우고 침대 맡에서 스마트폰을 뒤적거리고 있었다. 그런데 문득 글씨체가 별로라는 생각이 들었다. 그새 싫증이 났나 보다. 마켓에 들어가 신규 폰트를 검색하고 괜찮다 싶은 폰트를 하나 다운로드했다.

순식간에 3,500원이 결제됐다. 얼마 안 되는 돈이라고 무시하지 말라. 예상하셨다시피 이렇게 지른 서체가 꽤 많으니까. 정확히 밝힐 수는 없고(아내의 등짝 스매싱이 기다린다) 10~30개 사이라고 보면 된다. 하하하. 29개 아니다. 소문내지 말아달라.

내 돈이 새고 있다.

티끌 모아 태산이 되듯, 작은 물방울이 모여 호수를 이루듯 별생각 없이 저질러지는 소비가 모여 내 발목을 잡을 수도 있겠다는 생각이 번쩍 들었다. (그나저나 저 속담은 이럴 때 쓰는 말이 아닌데.) 소액이라 당장 큰 타격은 없으니 괜찮다고? 지출이 없었다면 얘네들은 다른 곳에서 열심히 일하고 있었을지도 모를 돈이다. 수익률을 5퍼센트로 가정했을 때 10만 원은 1년에 5,000원을 번다. (연봉 5,000원!) 하지만 10만 원이 쌓이고 쌓여 금액이 커질수록 돈의 연봉도 높아진다. 복리의 마법을 생각한다면 무분별한 소비에 대한 대가와 기회비용은 생각보다 크다.

적은 돈이라고 우습게 보기 전에 한번 더 생각하자. 폰트를 사는 데 썼던 3,500원은 7만 원의 5퍼센트다. 그러므로 이 돈을 쓴다는 건 내가 7만 원의 연봉을 뺏는 것과 같다. 열심히 뛰어야 할 나의 충성스러운 일꾼들(=돈)을 강제 퇴사시키는 꼴이다. 매번 지킬 수는 없겠으나 돈 쓰기 전에 이 정도 고민이라도 살짝 해본다면 불필요한 소비가 조금이나마 줄어들지 않을까?

여전히 나는 새로 산 글씨체를 써보며 "오, 예쁘다"를 외치고 있다. 한동안 폰트 살 일은 없을 테지만 이번 글을 계기로 전반적인 소비 습관을 점검해봐야겠다. 경제도 똑같다. 생각하고, 마음먹고, 움직여야 한다. 그래야 잘살 테니까. 나는 열심히 돈을 모으고 불릴 것이다. 50세에 그만두겠다는 목표를 이루기 위해서!

# 그분이 오시고
# 저녁이
# 달라졌다

요즘같이 더운 날 퇴근하고 집에 들어가면 숨이 턱 막힌다. 아침에 환기를 시킨답시고 양쪽 창문을 살짝 열어놓고 나갔는데, 그 틈을 비집고 들어온 미치도록 뜨거운 공기가 우리 집을 가득 채우고 있다. 그보다 더 답답한 건 엊저녁 먹다 남은 치킨과 아이 장난감, 온갖 잡동사니들이 널브러져 있다는 점이다. 맞벌이 부부의 저녁은 언제나 청소로 시작해 청소로 끝난다.

대부분이 그렇듯, 집안일에도 서로의 역할이 있다. 예컨대 나는 설거지와 바닥 청소를 담당하고, 아내는 잔짐 정리와 빨래를 주로 한다. 물론 이것이 견고한 규칙(rule)은 아니다. 아내가 피곤해하면 내가 세탁기를 돌리기도 하고, 나도 정 힘들 땐 '에라 모르겠다' 하며 침대로 다이빙을 한다. 그러면 아주 가끔 주방에서 설거지 소리가 들리는 일도 있다. (가끔이다 가끔.)

어쨌든 우리는 퇴근과 동시에 집으로 출근하는 셈이다. 부지런히 정리하고, 저녁을 먹고, 설거지까지 끝내면 대략 9시. 짧은 시간 아이와 책을 읽고 게임도 하고 놀다 보면 벌써 잘 시간이다. 정말이지, 평일 저녁은 너무너무 짧다. 정시 퇴근을 해도 이런데, 야근하는 직장인은 얼마나 힘들지 상상이 잘 안 된다. (힘내세요. ㅜㅜ)

• • •

바빠 죽을 지경이었던 가족의 저녁을 바꿔놓은 건 우리 부부가 내린 작은 결정 덕분이었다. 사실 오랜 시간 고뇌했다. 과연 우리에게 필요한 물건인가? 이 집에 놓을 자리가 있는가? 나중에 이사하게 되어도 괜찮은가? 아니, 우리가 이 금액을 지출할 정도로 우리에게 효용과 가치가 있을까?

128번의 고민 끝에 드디어 결정했다. 그렇게 우리 집에 그분이 오셨다.

식세기(식기세척기임. 욕 아님 주의)님… 꺄~~~~~
그동안 의식하지 않아 몰랐지만 설거지에 드는 시간이 절대 짧지 않았다. 설거짓거리가 밀려 있으면 음쓰(음식물 쓰레기) 마무리까지 30분이 넘게 걸렸던 것 같다. 시간만 문제가 아니었다. 거기에 투입된 나의 노력도 마찬가지. 뽀드득뽀드득 그릇을 문지르고 헹구고 거치대에 올리고 게다가 숟가락 젓가락 가위 집게 이런 것들은 왜 이렇게 귀찮은 거냐. 간신히 설거지를 마치고 고무장갑은 또 왜 안 벗겨지는지. (답답해. ㅜㅜ) 아무튼 설거지 한 번에 꽤 많은 에너지가 소모됐다. 그래서인지 장시간 설거지 대공사를 마치면 넋 다운이 되어 놀아달라는 아이를 뒤로하고 침대로 몸을 던졌던 과거의 날들. (털썩) 이쯤 되니 시경이 형(가수 성시경)의 아름다운 노랫말이 자동으로 튀어나온다. (무슨 노래인지 맞히면 당신은 천재.)

'이윽고 내가 한눈에 너(=식세기)를 알아봤을 때 (우리 가족의) 모든 건 분명 달라지고 있었어. 내 세상은 식세기를 알기 전과 후로 나뉘어.'

아… 이 얼마나 아름다운 노랫말인가. 그릇을 불리고 식세기에 거치해야 하지만 분명 설거지에 소모되는 에너지가 현저하게 줄어들었다. 마음의 부담이 적어진 것도 부인할 수 없는 사실이다. 그리고 이제 그 시간을 다른 용도로 쓸 수 있다. 식세기를 들여놓고부터 저녁 식사를 마친 아이는 5분 마블과 부루마블 두 개의 보드게임을 들고 아빠를 기다린다. (너 마블이랑 무슨 관계냐.)

웃자고 쓴 작은 에피소드지만 우리 가족의 저녁은 식세기를 알기 전과 후로 나뉜다. 그리고 이것은 좋은 변화가 확실하다.

《가진 돈은 몽땅 써라》의 저자인 호리에 다카후미는 "스트레스 받는 시간을 자기 자신에게 투자하라"는 조언을 건넨다. 이렇게 소모적인 시간을 줄여주는 소비는 좋아하는 일에 돈을 쓰는 것과 함께 '좋은 소비'가 된다. 당신이 가진 돈을 몽땅 시간과 경험과 기회에 투자

하라는 생뚱맞던 그의 말이 조금은 이해가 된다. 폰트값 3,500원에 부들부들하던 사람이 식세기에 들어간 70만 원을 아까워하지 않는 이유는, 그걸로 인해 나의 소중한 사람과 보낼 수 있는 '소중한 시간'이 늘어났기 때문이 아니었을까.

나이를 먹어서 그런가. 나는 요즘 '시간의 질$_{quality}$'이 참 중요하다는 생각을 많이 한다. 그러니까 오늘 내게 주어진 시간도 정말 알차게 보내야겠다. 뜨겁도록 참 좋은 날, 마흔둘의 어느 날 아침이다.

# 두 번째 황금 열쇠 : 소비자에서 생산자로

피곤하다. 피곤하다. 피곤하다. 대체로 월요일 아침에 발현되는 증상이다. 주말에 푹 쉬고 재미있게 보냈으면 컨디션이 돌아와야 하는데 어찌 이런 걸까. (┬┬)

(불과 2 days ago, 그러니까 토요일 아침)
나는 토요일 아침이 좋다. 정해진 스케줄이 없는데도 절로 눈이 떠진다. 굳이 알람을 맞추지 않아도 자동으로 '미라클 모닝'을 하는 셈이다. 고양이 세수를 마치고, 잠든 아내와 아이를 뒤로한 채 가방에 노트북을 넣고 집을 나선다. 집 근처 스벅에 도착했다. (이 시간에 문을 연 곳이 여기 말고 없다.) 오픈 후 10분이 지났을 뿐인데 이곳은 이미 사람들로 북적댄다.

아아, 여유롭다. 지금, 이곳에서 찡그린 얼굴이라고는 찾아볼 수 없다. 기분 좋은 사람들이 모여 있는 곳. 나는 토요일 아침마다 만나는 이들의 에너지가 좋다. 마스크에 가려진 사람들의 표정을 전부 볼 수는 없지만, 이들에게서는 긍정적인 기운이 넘치도록 흘러나온다.

토요일과 월요일은 딱 하나, 자발성이 있고 없고의 차이뿐이다. 하기 싫은 일을 해야 한다는 사실이 사람을 피곤하게 만든다. 이건 진리다. 그래서 이 나라 직장인의 99퍼센트가 월요병에 시달린다. 이해한다. 원치 않는 일을 해야 하고, 보기 싫은 사람을 계속 만나야 하는데 병에 안 걸릴 사람이 어디 있겠는가?

하지만 우린 답을 찾을 것이다. 늘 그랬듯이. (feat. 〈인터스텔라〉) 좋다. 월요병이라는 무시무시한 질병을 치료하기 위해서는 대체 어떻게 해야 할까. 간단하다. 월요일 아침이 즐거우면 된다. (뭥미?) 너무나도 당연하지만 해결책은 딱 두 가지다.

① 하고 싶은 일을 할 것
② 경제적인 자유를 이룰 것

알고 있다. 위에 적어놓은 두 가지가 결국 모든 직장인의 소망이요, 희망이요, 꿈이라는 것을. 궁금하다. 두 가지 중 하나라도 이룬 사람이 세상에 몇 명이나 있을까? 좋아하는 일을 하면서 돈을 번다는 상상만으로도 설렌다. 게다가 일하지 않아도 밥걱정 없이 살 수 있다니! 그렇게만 된다면 정말 좋겠네. 정말 좋겠네….

물론 나는 갈 길이 멀다. 하고 싶은 일을 하려면 그게 뭔지를 알아야 하는데, 나는 아직도 1단계의 문턱에서 '내가 뭘 좋아하지?'를 고민하고 있다. 이전 글에서 나는 '좋은 걸 찾아내 공유하는 사람'이 되고 싶다고 했다. 그래서 내가 좋아하는 것(그래서 자발적으로 할 수 있는 것) 중에서 좋은 것(세상에 긍정적인 결과를 가져오는 것)을 찾고 있다. 그와 동시에 경제적인 자유를 이루기 위해 내가 (하기 싫은) 일을 하지 않아도 돈이 들어올 수 있는 파이프라인을 구축하고, 절약이든 투자든 책이든 작곡이든 경제적 가치를 창출하려고 부단히 노력하고 있다.

그래. 나는 '자발적인 생산자'가 되고 싶다.

적어놓고 보니 묘하게 마음이 흔들린다. 나는 어떤가? 나는 생산자인가, 소비자인가? 웹툰과 넷플릭스를 사랑하는 나. 눈앞의 지름신에 정신 줄을 놓고 흔들리는 나. 해야 하는 일을 앞에 두고 "하기 싫어!"를 외치며 시간을 흘려보내던 나. 아무리 좋게 봐주려 해도, 죽었다 깨어나도 나는 결코 생산자가 아니었다.

　좋아. 하나 얻어걸려쮜! 나는 이제 소비자의 프레임에서 벗어나 생산자가 될 것이다. 두 번째 황금 열쇠를 손에 쥐고 다음 스테이지로 나가보겠다. 아직은 어두컴컴한 동굴 속이지만 저 멀리 한 줄기 빛이 보이는 것만 같다. 이러다가 정말 월요병이 치유되는 거 아니야? (그랬으면 좋겠다!)

① 좋은 걸 찾아내 공유하는 사람

② 스스로 가치를 창출하는 사람=자발적 생산자

③ ????????

## 작아도
## 괜찮아

나는 키가 작다. 날 때부터 작았다. 게다가 먹성도 안 좋았다. 도통 밥을 안 먹었다. (…라고 어머니께서 말씀하셨다.) 그러니 계속 작을 수밖에. 학교에서 제일 작았던 아이. 그게 나였다. 물론 경쟁자가 몇몇 있긴 했지만.

이제 마흔을 넘겨 외모에 크게 신경 쓰지 않아도(포기할 건 포기했다는 뜻이다) 작은 키는 아주 오랫동안 나의 콤플렉스였다. 지금의 내 모습을 받아들이기까지 적잖은 시간이 필요했다. 아무튼 결론적으로 뭐 지금은 괜찮다. 나의 롤 모델 김병만과 이수근만큼은 아니어도 건강하게 잘 살고 있으니 그걸로 되었다.

문제는 내 아이도 '쪼꼬미'라는 거다. 태어날 때는 평균이었는데 해가 지날수록 백분율이 앞쪽으로 이동하더니 급기야 1퍼센트대까지 떨어졌다. 또래 친구들 100명을 키 순서대로 세우면 맨 앞에 있다는 뜻이다. 넌 도대체 누구 닮은 거니? (나는 매우 뻔뻔한 사람이다.)

• • •

아니라고, 아니라고 말은 했지만 사실 키 때문에 힘든 일도 많았다. 학창 시절 농구를 미치도록 좋아했으나 나는 결코 서태웅이 될 수 없었다. (대신 송태섭이 되었다나 뭐라나. ㅋㅋㅋ) 옆 학교 좋아했던 여학생에게 거절당하고 집에 돌아와 "왜 나를 이렇게 작게 낳았냐"며 어머니를 쏘아붙였다. (얼마나 마음이 아프셨을까.) 어쨌거나 아이에게 똑같은 소리를 듣지 않기 위해서라도, 녀석의 키를 조금이라도 더 키우기 위해 할 수 있는 건 해봐야겠다. 아내도 적극적이었다.

하지만 검사가 별로 내키지 않았다. 2년 전 기억이 트라우마로 남아 있었기 때문이다. 아이가 네 살 때 영유아 검진표를 들고 대학 병원에 간 적이 있다. 아직 어려서 입원은 못하고 몇 가지 검사만 진행했다. X-ray 검사와 소변검사 그리고 채혈이었다. 앞의 두 개는 비교적 수월하게 끝났지만 핏덩이 어린아이에게 '채혈'은 정말이지 너무나도 힘든 일이었다.

아이는 가녀린 팔에 바늘이 들어가자마자 울기 시작했다. 설상가상으로 혈관을 찾지 못해 뺐다 다시 꽂기를 여러 번 반복하자 이리저리 몸부림을 쳤다. 간신히 혈관을 찾아 채혈을 시작했지만 그마저도 잘 나오지 않는다. 게다가 어찌나 많이 뽑던지. (다섯 통이었다.) 결국 반대쪽 팔에도 바늘을 꽂았다. 아이도, 부모도, 간호사 선생님도 힘들기만 했던 기억. 그때의 악몽 때문에 한동안 병원에 갈 생각을 하지 못했다.

그렇게 2년이 지났다. 그동안 꽤 자라긴 했지만 여전히 앞에서 1~2번

수준이다. 때가 되었다 싶어 다시 병원을 방문했다. 의사 선생님이 차트를 보시더니 웃으며 말씀하셨다.

"2년 동안 잘 컸네요. 성장곡선대로 잘 컸어요. 문제는 지금 가장 아래에 있는 곡선을 타고 있다는 거죠." (쌤 지금 놀리는 겁니까.)

부모의 키를 고려해볼 때 이 녀석의 가능한 키는 약 168센티미터이고, 다른 인자에 따라 ±7센티미터 정도라고 한다. (정말 175센티미터까지도 클 수 있는 거니?) 하지만 마지막 진료를 본 지가 2년이 넘었으니 다시 한번 그 '간단한' 검사를 해야 한단다. 제기랄. 또 채혈이다. 이럴 줄 알고 몇 달 전부터 단단히 일러두긴 했지만… 그래도 이 녀석이 잘 버틸 수 있을까 걱정이 태산이다.


채혈실 간호사 선생님은 아이의 팔 양쪽을 툭툭 건드리더니 오른팔을 펴 조심스럽게 바늘을 꽂아 넣었다. 의외로 별 반응이 없다. 피가 나오지 않아 두어 번 다시 꽂았는데도 울지 않는다. 그렇게 채혈을 시작했다.

이야, 대단한데? 엄마 아빠의 걱정과는 다르게 아이는 잘 버텨냈다. 소리 한번 지르지 않고, 눈물 한 방울 흘리지 않고 '다섯 통'의 채혈을 완료했다. 아이를 잡고 있던 손에 땀이 흥건하다. 노란 고무줄을 풀자 아이의 야윈 팔이 피를 짜낸 듯 더 앙상해 보였다. 그저 미안하고 고맙고 대견할 뿐.

"아들 괜찮아? 아프지 않았어?"

"쪼~끔 아팠어. 그래도 엄마 아빠가 옆에 있어서 하나도 안 무서 웠어."

참 많이 컸다. 2년밖에 안 지났는데 완전히 달라진 이 녀석. 그러고 보니 나는 지금까지 키가 크는 것만을 성장이라고 생각했던 것 같 다. 훈장처럼 뽀로로 밴드를 붙이고 싱글벙글하고 있는 아이를 보며 알게 됐다. 짜식. 그새 엄청나게 컸구나. 너의 마음은 아빠가 생각했 던 것보다 훨씬 더 빨리 자라고 있었어. 괜스레 흐뭇하다.

아이를 보며 생각했다. 마음의 성장호르몬. 아직 나에게도 그런 게 남아 있을까? 사회생활을 시작하고 가정을 꾸린 다음부터 '성장' 이라는 단어를 잊고 살았다. 소홀했다. 어른이 되었으니까. 아빠가 되었으니까. 이제 다 컸으니까. 부족한 것도, 배울 것도 많다는 걸 그 때는 몰랐다. 성장판이 닫혔다고 내적인 성장도 멈추는 건 아닐 텐 데. 어쩌면 나는 그동안 내 마음의 성장호르몬을 방치하고 있었던 게 아닐까.

나는 계속 성장하고 있는가?

아이의 검사 덕분에 나 자신의 성장도 잠시 돌아볼 수 있었던 선물 같은 시간이었다. 여전히 몸도 마음도 작은 '쫌생이' 아빠지만 이제 나도 좀 더 커봐야겠어. 명색이 아빠인데 아이에게 마음마저 추월당

하면 안 될 테니까.

　물론 시간이 아주 천천히 흘렀으면 좋겠다고 생각할 때도 있다. 가장 예쁠 것 같은, 녀석의 지금 모습을 계속해서 눈에 담아두고 싶기 때문이겠지. 하지만 나의 바람과는 달리 아이는 계속해서 커갈 것이다. 나도 점점 나이를 먹겠지. 그렇기에 나 또한 조금씩 성장하는 사람이길 바란다. 더 좋은 아빠로, 더 나은 남편으로, 더 괜찮은 사람으로.

# 삶의
# 경계에
# 서고 싶다

오랜만에 가베(입체로 구성된 조각들로 이루어진 놀이)를 꺼내자 아이는 반가운 듯 달려들었다. 고사리 같은 손이 분주하게 움직였다. 잠시 청소를 하는 사이 아이는 다 만들었다며 아빠의 손을 이끌었다. 그새 멋진 건물이 지어져 있었다.

뭐 만든 거야? 물어보니 학교란다. 아직 초등학교 입학도 안 한 주제에 학교를 만들다니. 아이가 상상하는 학교는 어떤 모습일까. 아이는 이제 학교에 가고 싶은가 보다.

수십 년 전 어느 봄날이 떠올랐다. 몸집보다 더 큰 책가방을 둘러멘 꼬맹이는 무척이나 즐거워 보였다. 드디어 나도 학교에 간다. 변화는 그 자체로 좋았고 신기했다. 집에 돌아와 가방을 벗었더니 몸이 깃털처럼 가벼웠다. 내일 또 학교 갈 생각에 신이 났다.

하지만 시간이 흐르자 학교는 '가기 싫은 곳'이 되었다. 반복되는 시간표에 공부만 시키는 곳이 좋을 리 없었다. 처음엔 분명 좋았는데. 나의 일상은 다시 재미없어졌다. 지루하다. 어쩌다 이렇게 되었을까.

대학에 진학했다. 새로운 환경과 처음 보는 친구들. 자율적인 분위기. 다시 학교에 가는 일이 좋아졌다. 변화는 나를 즐겁게 만들었다.

물론 그렇지 않은 변화도 있었다. 군대가 그랬다. 시간을 버텨내는 연습을 했다. 제대와 함께 다시 학교생활을 시작했지만, 이제는 미래를 준비해야 할 때가 되었는지 예전 같지 않았다. 서른 살이 될 때까지 공무원 시험에 떨어졌다. 해놓은 것도 없이 고시 낭인이 되었다. 밥벌이에 대한 부담감과 미래에 대한 걱정에 하루하루가 고통스러웠다.

다시 변화가 찾아왔다. 마지막이라 생각하고 지원한 회사에서 연락이 왔다. 좋은 곳이다. 출근이 즐겁다. 일도 재밌다. 그렇게 15년이 지났다.

바늘구멍 같은 취업의 문을 뚫고 들어왔다는 자부심과 애사심이 희미해졌다. 주어진 일에 나름대로 최선을 다하고 있지만, 내가 지금 하는 일에서 좋은 의미를 찾으며 즐겁게 일하고 있느냐는 질문에 자신 있게 대답할 수가 없다. 처음의 설렘은 익숙해진 일상 앞에 고개를 숙여버렸고, 꾸역꾸역 일어나 회사로 향하는 모습이 가끔은 애처롭다. 처음엔 분명 좋았는데, 나의 일상은 다시 재미가 없어졌다. 어쩌다 이렇게 되었을까.

많은 것들이 그렇다. 우리는 아주 적극적으로 초심을 잃어버린다.

회사에 다니는 일도, 사람을 만나는 일도. 세상이 변하듯 내 마음도 계속 변한다.

아마도 지금 나에겐 조금 더 극적인 변화가 필요한 것 같다. 어떤 형태든, 어떤 모습이든, 변화가 주는 긍정적인 기운이 필요한 시점이다. 이건 내가 이곳에서만 15년을 보냈기 때문인지, 아니면 다른 꿈을 꾸고 있기 때문인지, 둘 다인지는 모를 일이다.

초심을 잃어버려야겠다. 그래야 발전할 수 있다. 계속 한자리에 머무른다면 고인 물이 될 수밖에. 그래서 다시 격렬하게 움직여보려고 한다. 어디까지 갈 수 있을지 두렵지만 우물 밖 세상에 언젠가는 도착할 수 있기를 희망한다.

# 마음의
# 손톱깎이

손에 뭐가 걸려 살펴보니 손톱이 많이 길었다. 자른 지 얼마 되지도 않은 것 같은데 어느새 이렇게나 자랐을까. 서랍에서 작은 손톱깎이를 꺼냈다. '따각' 하는 소리에 맞춰 손톱이 이리저리 튄다.

손톱을 깎는 일처럼 주기적으로 해줘야 하는 일들이 있다. 가만히 두면 계속 커지거나 자라는 것이 있기 때문이다. 손톱과 발톱, 머리카락, 수염이 그렇다. 무심하게 살다간 어딘가 모르게 불편하고 신경 쓰인다. 그래서 때가 되면 깎고, 자르고, 관리해야 한다.

내 마음속에도 손톱 같은 것들이 있다. 가만히 두면 어느새 자라나 나를 불편하게 만든다. 아무런 신경도 안 쓰고 있다간 삶에 그다지 좋은 영향을 끼치지 못하는 게으름과 욕심, 그리고 질투와 시기 같은 감정이다. 길어진 손톱을 보듯 명료하게 바라보고 주기적으로 관리해야 한다.

우리의 뇌는 몸이 편한 것을 좋아한다. 그러니 본능적으로 게으름을 추구할 수밖에. 하지만 그냥 두었다간 건강도, 돈도, 의욕도 잃어버릴 것이다. 제어되지 않는 욕심은 화를 불러올 수 있고, 시기와 질투의 감정은 끝없이 나를 추락시킨다.

내 마음속에도 손톱깎이가 하나 있었으면 좋겠다. 눈앞의 안락함과 욕심에 휘둘려 손톱으로 자라날 때 예쁘게 잘라줄 수 있는 녀석으로. 오만과 편견에 마음이 이리저리 흔들릴 때 중심을 잡아 얼른 제자리로 돌아오도록 말이다.

# 땡볕보다도
# 뜨거웠던 날

남쪽에서는 태풍이 올라오고 있다고 하는데 이곳 서울은 햇볕이 따갑다. 게다가 습기를 가득 머금은 공기까지 참으로 후덥지근한 날이다. 이런 날은 걸어서 밖에 나가는 것조차 고역이지만, 약속된 일정이 있어 작은 선풍기 하나를 손에 들고 길을 나섰다.

정말 푹푹 찐다. 지하철역에서 목적지까지 가는 짧은 거리조차 힘겹게 느껴질 정도다. 유난히 더위를 많이 타는 유전자를 불평하며 다시 볼일을 마치고 돌아가는 길이었다. 땡볕 한가운데 벤치에 누군가 앉아 있다는 걸 알게 됐다. 이렇게 더운 날씨에 왜 그늘 하나 없는 저곳에 앉아 있을까 의아해하며 다시금 그를 쳐다보았다.

여기저기 해진 옷, 검게 그을린 피부, 아무렇게나 자란 머리와 수염. 그렇다. 그는 노숙인이었다. 뜨거운 태양 아래에서 그는 삼각 김밥 두 개를 손에 들고 입속으로 집어넣고 있었다.

애써 무덤덤한 척 옆으로 지나갔다. 순간 적잖이 놀랐다. 앉아 있는 그의 자세가 지나치게 아래쪽으로 향해 있었기 때문이었다. 글로 표현하기 어려울 정도로 그의 등은 심하게 굽은 상태였고, 그저 앉아 있었음에도 마치 일부러 몸을 앞으로 숙인 것처럼 보였다. 그의 몸은 달팽이처럼 완전히 둥그렇게 말려 있었다.

점점 작아지는 뒷모습을 보며 문득 궁금해졌다. 그는 대체 어떤 삶을 살았을까. 무엇이 그의 등을 그렇게나 굽도록 만들었을까.

감히 판단할 수는 없겠지만, 분명 그의 인생에는 좋은 일도 힘든 일도 있었을 것이다. 지금의 모습만으로 전체의 삶을 훔쳐볼 수 없듯, 앞으로 그의 인생에 어떤 일이 일어날지 아무도 모른다. 아무런 편견 없이 그저 나와는 다른, 한 사람으로 그를 바라보고 싶었다.

그렇게 그의 모습을 지켜보며 생각했다. 나는 치열하게 세상을 살아가고 있는가? 땡볕 무더위에 굽은 등을 숙이고 자신에게 주어진 하루를 살아내던 그보다 내가 더 나은 사람이라고 착각하고 있는 게 아닌가? 세상이 타버릴 정도로 뜨거웠던 날, 누구보다 뜨겁게 살고 있던 그의 모습을 아직도 잊을 수가 없다.

나는 어떻게 살고 있는가. 과연 내게 주어진 인생의 시간에 아낌없이 에너지를 쏟아붓고 있는가. 무더운 날씨를 불평하던 내 머리 위로 작은 불똥 하나가 떨어진 느낌이다.

# 한국인의 7대 죄악 : 나도 한국인이었어

여느 때와 같았다. 졸린 눈을 비비며 일어나 적당한 시간에 출근했다. 오늘은 평소보다 조금 여유롭다. 포털 사이트 메인 뉴스를 섭렵하고 인스타그램에 들어가 피드를 살핀다. 별거 없다. 그러다가 자주 가던 캠핑 카페에서 흥미를 자극하는 제목을 발견했다. '한국인의 7대 죄악'이라니! 끓어오르는 궁금증을 풀어주기 위해 재빨리 마우스를 움직였다. 글은 없고 달랑 그림 하나다.

## 한국인의 7대 죄악

분노

교만

질투

폭식

나태

탐욕

색욕

아…. (할말하않)

한 번 보고 두 번 보고 자꾸만 봐도 뼈 때리는 내용이다. 트위터를 하지 않아서 저것이 왜 분노를 의미하는지 이해할 수는 없었지만(아시는 분 있으면 설명 좀 부탁드린다) 교만 질투 폭식 나태 탐욕으로 이어지는 거부할 수 없는 이 '사실의 적시' 앞에 무릎을 꿇을 수밖에 없었다. (마지막에 '야놀자'는 숙박 애플리케이션인데, 거의 사용할 일이 없는 건 안 비밀….)

입 밖으로 꺼내지 않았지만 사실 알고 있었다. 언젠가부터 SNS가 내 발목을 잡고 있었다는 것을. 2년 전 첫 책을 출간하면서 페이스북 계정을 만들었지만 얼마 못 가 활동을 접었다. 사용자 환경이 복잡한 탓도 있었지만(나는 라떼) 매일 게시 글을 올려야 한다는 부담감이 더 컸다. 나는 왜 페북을 시작했을까. 책 한 권 출간했다고 나 이런 사람이야 자랑하고 싶었던 게 아닐까? 마음속에 숨어 있던 '교만'이라는 단어가 불쑥 튀어나왔다. 그렇다. 분명 나의 죄악이었다.

그나마 인스타그램은 꽤 오래전부터 해왔기에 아직 살아 있지만, 팔로워 수도 많지 않고 게시물 노출 빈도도 떨어진다. 끽해야 일주일에 한두 개의 게시물을 올려서 그런지 아니면 내가 해시태그 설정을 못해서인지 잘 모르겠다. 그러던 중 우연히 《하버드 상위 1퍼센트의 비밀》을 쓴 정주영 작가의 피드를 보았다. 팔로워 12만 4,000명, 게시 글마다 '좋아요'가 2,000개가 넘는 그의 인스타그램을 보면서 제일 먼저 들었던 건 너무너무 부럽다는 질투의 감정이었다. 동기부여보다 질투를 먼저 했으니 이것 역시 나의 죄악이다.

배민과 유튜브는 그나마 괜찮다. 시국이 시국인지라 배달 앱 이용 빈도가 늘어났지만 어쩔 수 없다. 예전보다 살이 좀 붙은 건 폭식이 아니라 제때 운동하지 않은 나의 게으름 때문이다(라고 생각한다). 유튜브는 나 말고 일곱 살 우리 애가 더 걱정이다. (이걸 어떻게 해야 하나.)

그리고 쿠팡 이건 정말 할 말이 없다. 원 헌드레드 퍼센트 나의 죄악이다. 고백하건대 나는 쿠팡 중독자다. 월 2,900원을 내고 로켓와우 멤버십도 가입했다. 겪어보지 않은 자는 모른다. 새벽 배송의 위대함을. (고생하시는 쿠팡맨 감사합니다.) 문제는, 마트에 가지 않아도 제품을 바로바로 받아볼 수 있다 보니 굳이 구매하지 않아도 되는 것을 자꾸만 사재긴다는 거다. 탐욕은 무쇠 팔 무쇠 다리 기운 센 천하장사라 웬만한 이성(理性) 따위는 상대가 안 된다. 참아야 하느니라 수십 번을 외쳐도 지름신 앞에서는 공허한 메아리가 되어버린다. 그래. 나는 죄인이다.

일곱 개의 애플리케이션을 죄악이라고 명명한 취지는 지나친 욕심에 사로잡히지 말라는 뜻일 테다. 돌아보니 맞는 말이었다. 지난날 후회스러웠던 몇몇 순간에는 공통된 원인이 있었다. 길게 보지 못하고 눈앞에 왔다 갔다 하는 욕구와 욕심에 휘둘려 올바르게 결정하지 못했다. 건강하게 살고 싶다고, 풍족하게 살고 싶다고 입으로는 떠들어댔지만, 귀차니즘과 게으름과 물욕에 무너져버린 게 한두 번이 아니었다. 외적으로도 마찬가지였다. 좋은 게 보이면 욕심이 앞서 양보하지 않았고, 타인을 배려하지 못했으며, 어려운 사람을 도울 줄도 몰랐다. 알고 보니 앱이 아니라 내가 문제였다.

웃자고 쓴 얘기에 죽자고 달려들어 분위기가 쌉싸름해졌지만, 덕분에 나를 돌아볼 수 있는 계기가 되었으니 다행스럽고 감사한 마음이다. 사실 이 글을 쓰면서 인스타그램을 정리할까 생각도 했다. 아직은 고민스럽다. 어쨌든 교만과 질투에 휘둘리지 말고 좋은 기능에 집중하며 내 갈 길을 가겠다고 다짐해본다.

아, 맞다. 하마터면 잊을 뻔했다. 지름신에 맞설 용기도 좀 키워봐야겠다. 정신 줄 꼭 붙들어 매야 한다 이 말이다.

# 글쓰기는
# 역시
# 장비 빨

서른아홉의 직장인 권 모 씨는 책을 쓰기로 결심했다. 그의 머릿속엔 분위기 있는 카페에서 우아하게 앉아 노트북 자판을 두드리고 있는 자신의 모습이 그려졌다. 그래. 책을 쓰려면 노트북 하나쯤은 필요하겠지. 노트북을 주문했다. (중략)

며칠이 지나고 책상이 왔다. 마음에 쏙 든다. 그런데 글을 쓰려고 의자에 앉아보니 너무 차갑고 딱딱하다. 안 되겠다. 의자도 바꿨다. 그다음엔 스탠드 조명, 노트북 가방. 이런 식으로 많은 것들을 바꾸고 나서야 알게 됐다. 책을 어떻게 써야 할지 아무 생각도 못했다는 것을.

_권수호, 《마흔에는 잘될 거예요》 중에서

정확히 3년 전에 쓴 글이다. 글을 쓰겠다고 마음먹었지만 글보다는 글쓰기와 연관된(연관되어 보이는) 것들에 집착하느라 원래 하려고 했던 중요한 목표를 방치하고 있었다는 얘기다. 많은 분이 알고 있겠지만 이런 현상을 '디드로 효과'라고 부른다.

디드로 효과는 어떤 물건을 구입하고 그와 연관된 다른 제품을 계속 구매하는 일종의 소비 심리 현상이다. 책에서 언급한 대로 디드로 효과는 목표와 실행의 관점에서도 중요한 의미가 있다. 직장인 권 모 씨처럼 중요한 일과 관련된 부수적인 일들을 처리하느라 정작 중요한 일에 소홀했던 경험이 한 번쯤은 있을 테다.

다른 데 신경 쓰지 말고 중요한 일을 곧바로 실행하겠다고, 쓸데없는 정보에 시간을 허비하지 않고 그대로 직진하겠다고 굳게 다짐해놓고 이제 와 다시 '디드로 효과'를 언급한 이유는, 모르는 사이에 디드로 형님에게 다시 굴복해버린 내 모습을 보았기 때문이다. 자기반성을 듬뿍 담아 며칠 전에 있었던 일을 되짚어보겠다.


지난주, 에세이 최종 원고를 출판사에 보냈다. 마감이 다가올수록 시간이 부족해 마지막 일주일은 점심도 안 먹고 퇴고 작업을 했다. 동료들이 왜 밥을 안 먹냐고 물었지만 삐쭉 나온 뱃살을 보여주는 거로 답을 대신했다. 똥 싸다 만 듯한 기분도 들었지만 어찌어찌 퇴고를 마쳤다. 이제 출판사에서 회신이 올 때까지 약간의 여유가 생겼다. 그동안 못 쓰고 스마트폰 메모장에만 담아놓았던 소재를 새 글로 완성해야겠다.

마음잡고 자리에 앉아 글 좀 써볼까 하고 있는데 도무지 안 써진다. 마침 아내가 회사 일로 당분간 노트북을 쓴다고 했다. 여보, 그거 내가 글쓰기용으로 산 거잖아. 당신이 꼭 써야 한다면… 그래! 요즘 글이 안 써지는데 노트북이 별로라서 그랬구나! "그럼 내가 새 노트북을 사면 되는 거지?"라고 말했다가 오랜만에 등짝에 선명한 손자 국이 날 뻔했다.

여보세요. 당신이 노트북 써야 한다며….

"그러면 나는 스마트폰으로 써야 하잖아. 손가락도 아프고 자세도 안 좋아지고 결국에는 허리 디스크와 테니스 엘보와 오십견까지 오게 될 거야. 그럼 당신이 책임질 거야?"

나의 볼멘소리에 아내는 기가 찬다는 듯 말했다.

"오빠, 나 주말까지만 쓰면 돼."

"어, 그래. (바로 수긍)"


새 노트북을 살 수 없게 되었는데 다행인지 실망인지 모를 이 묘한 감정은 뭘까. 잠깐, 그럼 나는 당분간 뭘 가지고 글을 써야 하지? 폰으로 쓸 수밖에 없는데… 아하! 스마트폰에 연결해서 쓸 수 있는 키보드가 있지 않을까? 나는 정말 천재였다. 인터넷을 찾아보니 나와 같은 수요를 가진 사람이 꽤 많았다. 수많은 블루투스 키보드가 '나 좀 사주세요' 하며 저마다의 자태를 뽐내고 있었다. 나는 다시 고민에 빠졌다. 그리고 제일 괜찮아 보이는 녀석을 픽했다. 바로 주문! 이 녀석이 도착하면 이제 스마트폰만 가지고도 글을 쓸 수 있다고. 여보, 노트북 마음껏 써도 돼!

키보드를 주문하고 하루가 지났다. 오매불망 기다리고 있는데 아직도 '배송 준비 중'이라고만 뜬다. 에라. 키보드도 없는데 무슨 글쓰기냐. 오기 전까지는 좀 쉬어야겠다. 그렇게 주말이 지났다. 스마트 폰 메모장엔 완성되지 않은 글감들이 그대로 잠들어 있었다. 그제야 알게 되었다. 나 지금 디드로 형님한테 또 당한 거라고.

고백한다. 원래 하려고 했던, 중요하지만 괴로운 일(=글쓰기)을 하기 싫다는 마음이 나의 이성을 선동해 역모를 꾸몄다. 스마트폰으로 글을 쓰려면 블루투스 키보드 하나쯤 있어야 한다는 말은 키보드가 도착할 때까지는 글을 쓰지 않아도 된다는 의미였다. 기막힌 디드로 형님의 논리에 나는 두 번째로 무릎을 꿇었다. 눈 뜨고 코 베인다더니. 알면서도 당해버린 내 모습에 말 그대로 정말 기가 막힌다.

글을 쓰고 있는 지금, 아직도 블루투스 키보드는 오지 않았다. (제 길) 아내가 잠든 틈을 타 노트북을 슬쩍했다. 생각이 '탁' 하고 내 앞을 지날 때 기록하지 않으면 잊어버릴 테니 어쨌든 적어봐야겠다는 마음뿐이다. 며칠간의 경험을 통해 또다시 느꼈다. 중요한 목표 앞에서 알짱거리는 '하기 싫은 마음'에 휘둘리면 안 되겠다고. 갈 길을 정했으면 곧장 출발하는 거다. 디드로 형님이 내게 주신 교훈을 절대로 잊지 말아야겠다.

## 해이해졌어 :
## 정신 줄 놓지 마

해저드hazard라는 말이 있다. 녹색 창에 해저드를 입력하면 제일 먼저 국어사전의 결괏값이 나오는데, 거기엔 '골프에서 코스 안에 설치한 모래밭, 연못, 웅덩이, 개울 따위의 장애물'이라고 풀이되어 있다. 비단 골프에서만 해저드라는 말을 쓰는 건 아니다. IT 용어 사전에서 해저드는 '일시적으로 올바르지 않은 출력이 발생하는 현상'을 말한다.

해저드가 들어가는 단어 중에서 우리에게 가장 익숙한 말은 '도덕적 해이moral hazard'다. 감추어진 행동이 문제가 되는 상황에서 정보를 가진 측이 정보를 가지지 못한 측의 이익에 반하는 행동을 취하는 경향을 말한다. 문제가 나타나는 상황이야 전부 다르겠지만, 해저드라는 말에는 분명 '위험, 문제'라는 뜻이 내포되어 있다. 하여간 꽤 부정적인 단어다.

뜬금없이 영어 단어 하나를 꺼내와 글을 쓰고 있는 이유는, 요즘 내가 (전보다) 무척 느슨해졌다는 생각이 들었기 때문이다. 마음을 가득 채우고 있었던 의욕과 목표 의식이 잠시 가출한 기분이랄까. 봄 타는 계절도 다 지났는데, 문득 정신을 차리자 거울 속으로 시원한 그늘에 앉아 바나나를 까먹고 있는 나무늘보 한 마리가 보인다. 뭐야 너. 갑자기 왜 또 이렇게 해이해졌어?

그렇다. 사실 '해이'라는 단어의 뜻을 찾다가 여기까지 왔다. '해이하다'에서 '해이'는 '풀 해(解)'와 '늦출 이(弛)'를 쓴다. 긴장이나 규율 따위가 풀려 마음이 느슨하다는 뜻이다. 머릿속 사전으로는 비슷한 말로 늘어지다, 고삐가 풀리다, 게으르다, 나태하다(아, 이건 좀 심하군) 등이 있다.

출간이라는 큰 이벤트 앞에 잠시 설렜다. 다시금 출간통에 시달렸다. 매일 아침 눈을 뜨자마자 서평을 검색하고 시키지도 않은 온라인 서점의 판매 지수를 집계하고 있었다. 출근해서도 틈만 나면 검색창에 책 제목을 치며 왜 아직도 자동 완성이 되지 않을까 핏대를 세웠다. (일해다오, 포털이여.) 그렇게 정신이 팔린 사이 나는 드넓은 골프장에서 모래사장에 빠져 허우적대는 작은 공이 되어 있었다.

그제야 '해이(解弛)'를 '해저드hazard'로 풀이한 이유를 어렴풋이 짐작할 수 있었다. 해저드가 의미하는 바처럼, 늘어지고 고삐가 풀리고 해이해지는 모습을 가만히 두면 어떤 형태로든 삶의 위험 요소가 될 수도 있다는 사실을 경고하고 있는 게 아닐까? 뜬금포 어휘 공부를 하면서 집 나간 넋을 다시 챙겨와야겠다는 생각이 번쩍 들었으니, 이걸로 됐다고 해야 하나.

그래. 출간을 그간 핑계로 아주아주 해이해졌었었었었음(과거 강조형이다)을 쿨하게 인정한다. 이제 다시 끈을 조여보련다. 니 여지껏 마이 묵었다 아이가.

# 나는
## 앞으로
### 나아간다

태국 북동부 우본라차타니 지역 강가에서는 매년 우기가 되면 새우 떼가 물 밖으로 나와서 바위 위를 기어가는 장면을 볼 수 있다. 민물에 사는 새우가 굳이 물 밖으로 나와 떼를 지어 행진하는 이유가 최근에야 밝혀졌다고 한다.

연구에 따르면 이 새우들은 민물 새우인 징거미새웃과에 속하는 종으로, 더 좋은 서식지를 찾아 상류로 이동하는 습성이 있다고 한다. 우기가 되면 강물이 불어나고 물살이 세지기 때문에 생존을 위해 집단으로 이동한다는 것이다.

민물 새우가 물 밖으로 나온다는 것은 천적이 가득한 위험한 환경에 고스란히 노출된다는 뜻이다. 개구리, 뱀, 거미 등에게 잡아먹힐 수도 있다는 두려움을 감당한 채 더 나은 삶을 위해 고군분투하는 새우의 모습에 마음이 짠했다.

월요일 아침 출근길, 새우들이 부지런히 기어가는 모습을 보며 다시금 나를 돌아보게 됐다. 나는 어쩌면 이 새우보다도 여린 존재가 아니었을까. 무엇이 그렇게 두렵고, 무엇이 그렇게 불안하고, 무엇이 그렇게 걱정스러웠을까. 뚜렷한 목표와 방향도 없이 그저 하루를 소비하면서 말로만 더 나은 삶을 외치고 있었을지도 모르겠다.

가느다란 다리를 땅에 딛고 거친 물살을 피해 조금씩 조금씩 앞으로 나아가는 새우를 보며 부럽기도 하고 부끄럽기도 한 오늘 아침이다.

4부 · 인생의 네잎클로버

# 어머니의
# 꿈

외할머니는 여섯 명의 자식을 낳으셨다. 어머니는 그중 첫째 딸로 태어났다. 나는 어머니의 어린 시절을 모른다. 시골에서 태어나 간신히 학교에 다녔다는 것 말고는 당신 얘기를 좀처럼 하지 않으셨다. 그래서 어머니의 최종 학력은 '국졸'이다. 정확한 사연은 모르겠지만, 그 시대의 가난한 집 맏딸이 그랬듯 온갖 집안일에 동생들까지 돌보아야 했을 테다.

어머니는 키가 작다. 148센티미터 정도 되려나. 하지만 기억 속 어머니는 말 그대로 작은 거인이었다. 날고 긴다는 엄마들 사이에서 리더 역할을 했고 큰아들을 전교 회장으로 만들었다. 그리고 본인은 자모 회장이 되었다. (감투 욕심이 있으셨나.) 막내아들이 중학교에 수석으로 입학하던 날 어머니의 들썩이던 어깨 뽕이 아직도 눈에 선하다.

비교적 모범생이었던 형과 달리, 나는 사춘기 때부터 어머니 속을 많이 썩였다. 상위권이었던 성적은 청평호에서 번지점프를 하듯 수직으로 낙하했고, 옆 학교 여학생과 연애하느라 집 전화를 붙들고 살았으며, 불량까지는 아니었지만 술과 담배에도 손을 댔다. 어머니는 지금도 나만 보면 서울대 갈 놈이 맨날 놀다가 망했다며 아쉬운 소리를 쏟아내신다. (어머니 저는 괜찮아요. 행복은 성적순이 아니잖아요….)

어머니는 아버지를 좋아했다. 좋아한 정도가 아니라 아주 그냥 받들어 모셨다. 일례로 내가 고등학생 때 어머니가 우리 집 담을 넘다가 다리가 부러졌던 일이 있었다. 대문이 잠겼는데 열쇠를 안 가지고 나가서 어쩔 수 없었다고 했다. 그런데 그때 집에는 아버지가 주무시고 있었다. 아니 그럼 초인종을 눌러야지, 왜 안 그랬냐 물었더니 아버지가 깰까 봐 그랬단다. 아니고 오마니야. 속에서 열불이 나더라.

지금도 어머니는 할아버지가 된 그분(=아버지)을 '모시고' 산다. 삼시 세끼를 챙기고, 고속버스를 타고 서울에 있는 병원에도 데리고 가신다. 한번은 어머니께 물어본 적이 있다. 아버지를 왜 그렇게 좋아하시냐고. 돌아온 대답은 대단히 의외였다. 잘생겨서란다. (크흡) 실로 어마무시한 콩깍지가 아닐 수 없다. 50년 결혼 생활을 버티게 해준 것이 눈꺼풀에 씐 콩 껍데기 때문이라니. 그저 경이롭다.

얼마 전 아이를 데리고 내려가 며칠 동안 고향에 머물렀던 적이 있었다. 그때 나는 처음으로 어머니의 하루를 관찰했다. 밖에 나갈 일도 없었기에 아침부터 저녁까지 어머니가 무엇을 하시는지 조용히 지켜봤다. 정말 서프라이즈였다. 어머니는 일어나서 잠자리에 드는 순간까지 단 한 번도 앉거나 누워서 쉬지 않으셨다. 밥을 짓고, 청소와 빨래를 하고, 뒤뜰에 나가 고추를 따고, 마당에 세워놓은 내 차까지 닦아주셨다. 아들에게 줄 반찬을 싸고, 시장에 나가 사과를 사오고, 손자와 놀아주고, 아버지를 챙겼다. 어머니의 하루는 말 그대로 '어메이징'했다. 어떻게 그렇게 부지런할 수 있을까. 여전히 어머니는 거인이었다.

다음 날, 오랜만에 남자들끼리 시장에 다녀왔다. 아버지와 나란히 걸으며 대화를 나눴다.

"아부지. 아부지는 정말 복 받으신 거예요. 저렇게 헌신적인 아내가 세상에 어디 있어. 어머니한테 진짜 잘하셔야 합니다. 아셨죠?"

아버지는 허허 웃으며 알았다고 했다. 어머니의 위대함을 언제부터 깨달으셨는지는 모르겠지만, 아버지는 요즘 어머니의 말이라면 끔뻑 죽는다. 굼떴던 동작도 아주 빨라지셨다. (ㅋㅋㅋ) 예전에는 상상할 수도 없었던 아버지의 모습이 신기하게 느껴지는 동시에 '살다 보니 별일이네'라는 말을 언제 써야 하는지 말끔하게 정리가 된다.

어머니는 자식들 시집 장가를 보내고도 바빴다. 한동안은 손주들을 돌본다고 매주 월요일 아침 첫차를 타고 서울에 올라가 금요일 저녁

다시 버스를 타고 고향으로 내려왔다. 마흔둘이 된 나도 어디 가면 아재 아저씨 상 꼰대로 불리겠지만, 어머니 앞에서 언제나 철없는 어린아이일 뿐이다.

ring ring… (통화 중)

"아들, 잘 지내? 김치 다 먹었어?"

"잘 있죠. 근데 엄마는 안부 인사가 뭐 그래요? 김치 다 먹었냐니. 아직 많이 남았어요. 저번에 엄청 많이 주셨잖아."

"다른 반찬은 안 떨어졌니?"

"네. 아직 괜찮아요."

"더덕무침 해줄까?"

"괜찮다니깐. 아직 있어요."

"깻잎 절여놓은 거 있는데 가져갈래?"

"그것도 아직 있어."

"너 좋아하는 초고추장도 해놨어. 다 떨어졌다며."

"어이구. 알았어요. 주말에 내려갈게."

나이를 먹어서 그런 걸까 아니면 나도 부모가 되어버려서 그런 걸까. 눈치가 부쩍 늘어간다. 이제는 어머니가 하시는 말씀을 대부분 이해할 수 있게 되었다.

"김치 다 먹었어?" (우리 아들 보고 싶다.)

"다른 반찬은 안 떨어졌니?" (우리 아들 보고 싶다. 2)

"더덕무침 해줄까?" (사랑해.)

"깻잎 절여놓은 거 있는데 가져갈래?" (많이.)

"너 좋아하는 초고추장도 해놨어. 다 떨어졌다며." (엄마 맘 알지?)

칠십 중반을 바라보는 어머니는 이제 '누가 봐도 할머니'가 되었다. 쭈글쭈글한 주름에 여기저기 닳아 뭉툭해진 표정, 구부정한 허리에 예전보다 살이 빠져 더 작아 보이는 우리 엄마. 하지만 나는 안다. 가장 큰 사랑을 주는 사람, 그래서 나에게는 영원히 거인(巨人)일 수밖에 없는 존재. 나 역시 그녀를 오래도록 보고 싶다.

# 재야의
# 고수

우리 동네에는 미용실이 많다. 같은 건물에도 몇 군데씩 있다. 준오, 이철, 이가자, 박준 등 유명 브랜드의 체인점부터 블루클럽이나 나이스가이처럼 저렴하게 커트할 수 있는 곳도, 개인이 운영해 이름도 기억 못할 동네 미용실도 수두룩하다. 정확히 세어보진 않았지만 지도에 표시된 파란 점이 대충 봐도 50개는 넘어 보인다. 참으로 경쟁적인 시장 상황, 그런데도 미용실은 늘 손님으로 복작댄다. 그만큼 수요도 많다는 뜻이겠지.

나는 머리가 짧다. 옛날 말로 하자면 스포츠 머리고, 요즘 말로 하자면 모히칸? 투블럭? (뭐가 뭔지 잘 모름.) 아무튼 나름대로(내 맘대로) 단정한 스타일이다. 라떼는 말이다. 중학교 때부터 두발 규정이 있었다. 그것도 무려 3센티미터. 무작정 머리를 밀어야 했었다. (무슨 군대도 아니고.) 아무튼 그때부터 지금까지 죽 나의 헤어스타일은 대동소이했다. 고등학생 시절에는 잠시 쿨의 이재훈처럼 생머리 휘날리고 싶었지만, 내 머리카락은 기운 빠진 낙지처럼 머리에 찰싹 붙어 꼬불거리고 있었다. 지금이야 웃으며 말하지만 그땐 정말 내 머리가 싫었다.

짧은 머리는 좋은 점이 많다. 일단 아침마다 머리를 감고 말리는 일이 간편하기 그지없다. 동작이 빠르다면 1분도 안 걸린다. 드라이도 잠깐이면 된다. 옛날에는 무스에 스프레이에 젤까지 머리에 처발처발했지만, 요즘은 아무것도 안 바르고도 맹물과 손기술만으로 스타일이 완성된다. 한마디로 머리에 신경을 쓰지 않아도 괜찮다는 뜻이다.

그래도 딱 한 가지 안 좋은 점이 있다. 워낙 머리가 짧기 때문에 조금만 지나도 머리가 많이 자란 것처럼 보인다는 거다. 특히 옆머리가 길어져 양쪽으로 삐죽 튀어나오면 그렇게 지저분해 보일 수가 없다. (물론 내 눈에만 그렇다.) 그래서 자주 미용실에 가게 된다. 다른 남성분들은 어떤지 모르겠지만 나는 대략 3주마다 머리를 자른다.

우리 동네에 있는 수많은 미용실을 앞에 두고 나는 그동안 가장 가격이 싼 곳으로 다녔다. 어차피 금방 자랄 머리카락이니 비싸게 주고 자를 이유가 없다는 이유였다. 하지만 우리 동네엔 나와 같은 사람이 너무 많았다. 갈 때마다 30분 이상 기다려야 했다. 어쩔 수 없이 다른 미용실을 찾아보기로 했다.

그리하여 생각지도 않던, 비자발적 미용실 투어가 시작됐다. 미용실이 많은 만큼 가격도, 서비스도, 원장(혹은 디자이너)의 실력도 천

차만별이었다. 어떤 분은 담배 냄새를 폴폴 풍기며 내 머리를 만져 댔고, 다른 분은 10분도 안 되어 커트를 끝냈다. 또 다른 디자이너는 요청하지도 않은 이마의 잔털을 시원하게 없애버렸다. (덕분에 한동안 인위적인 M자 이마를 들고 다녔다.) 몇 달 동안 많은 곳을 돌아다녔지만 마음에 드는 곳을 도무지 찾을 수가 없었다.

그러다가, 드디어, 만족스러운 미용실을 찾게 되었다. 유명한 브랜드의 미용실도 아닌, 개인이 운영하는 작은 가게였다. 지나는 길에 문을 열고 들어가 혹시 지금 커트할 수 있냐고 물었더니 방금 산에서 내려온 것 같은 무서운 인상의 사장님이 예약이 취소된 게 있으니 들어오시란다. 안 들어가면 혼날 것 같아 냉큼 달려가 앉았다.

어라, 이곳은 뭔가 좀 다르다. 분무기로 물을 뿌리더니 생뚱맞게 드라이부터 한다. 그러곤 가위를 들고 양쪽 머리를 쓱싹쓱싹 자른다. 바리캉(?)은 그다음이다. 그렇게 한참을 윙윙하더니 샴푸를 하러 가잔다. 웅? 다 안 끝난 것 같아 "사장님, 저 옆머리 좀 더 쳐주세요"라고 했더니 이런 말이 돌아온다.

"샴푸를 먼저 하고 라인 다시 잡아드릴게요."

머리를 감는 동안 사장님은 넘치는 악력으로 시원하게 두피를 주물러주셨다. 머리를 감고 다시 자리에 앉았다. 또다시 쓱싹쓱싹, 위잉위잉. 10분 정도 더 지났을까. 그제야 사장님이 까만 스펀지를 손에 들었다. 후, 이제야 끝났구나 싶더니 다시 가위를 들고 삐져나온 머리를 촵촵촵촵 정리해주신다.

장장 40분이 지났다. 짧은 머리 하나 자르는 데 걸린 시간치고는 좀 길었다. 하지만 벗었던 안경을 쓰고 거울을 본 순간 감탄하지 않을 수 없었다. 거울 속 내 머리는 여전히 짧았지만 처음 보는 느낌이었다. 자백을 좀 섞어 표현하자면 지금까지 했던 머리 중에 제일 낫다. 받은 서비스에 비하면 가격도 괜찮았다. '어머, 사장님 여기 커트비 조금 올리셔도 되겠어요'라는 말이 목구멍까지 올라오다 꿀꺽 넘어갔다. 하여간 오늘 헤어 컷은 그저 감동이다. 앞으로 여기만 와야지. 단골 찜!

이름도 모를 작은 미용실에서 최상의 서비스를 받고 만족스럽게 길을 나섰다. 내 머리 어때? 나 좀 멋있어진 거 같지 않아? 남자는 머리 빨이라고 했던가. 기막힌 나의 근자감에 아내는 정말 기가 막힌다며 혀를 끌끌 찼다. 쳇. 그래도 괜찮다. 내 마음엔 쏙 드니까.


우락부락했던 사장님의 얼굴이 떠올랐다. 투박하지만 섬세했던 가위질, 끊임없이 머리를 보며 라인을 잡던 그의 바리캉을 생각하니 새삼 존경스럽다는 마음이 든다. 자신의 자리에서 최선을 다하는 사람이 멋져 보이는 이유도 여기에 있을 테다. 그는 분명 자기 일을 사랑하는 사람이었다. 부럽다. 나도 그렇게 되고 싶은데. 하여간 오늘은 동네 골목에 숨어 있던 '재야의 고수'를 만나 너무나도 기분이 좋은 날이다.

# 겉바속촉한
# 어른

아내는 요즘 회사 일로 바쁘다. 자꾸 집으로 일거리를 가져온다. (여보 제발…) 이해를 못하는 바 아니지만 몸도 성치 않은데 제대로 쉬지 못하는 것 같아 마음이 안 좋다. 덩달아 내가 할 일도 늘어나고 있다. 아내가 바빠지니 나도 정신이 없다.

시간을 확보하려고 새벽에 일어나고 있지만, 아직은 정신이 또렷하지 못해서 그런지 글쓰기가 영 만족스럽지 않다. 출근하고 나서야 머리가 맑아지는 걸 보니 천상 일이나 열심히 해야 할 팔자인가 보다. 그래도 점심시간을 이용해 조금이라도 글을 써보려고 한다.

집에 노트북이 하나 있다. 몇 년 전 글을 쓰겠다고 다짐하고 큰맘 먹고 샀다. 가볍고 가성비가 괜찮은 제품이라 활용도가 높다. 다만 문제는, 요즘 아내가 집에서 일하니까 도무지 내가 쓸 수 없다는 거다. "여보, 글 써야 하니까 노트북 내놔"라고 할 수도 없고(물론 그럴 용기도 없다만) 스마트폰에다 쓰자니 편집이 안 되어 불편하다.

이 기막힌 타이밍을 놓치지 않고 지름신께서 강림하사, 결국 노트북을 하나 더 장만하기로 했다. 집에서 간단하게 서브로 쓸 거니 굳이 새 제품을 살 필요는 없고… 적당한 수준의 중고 제품을 알아봤다. 당근마켓에 들어가 노트북을 검색하다가 괜찮은 제품을 발견했다. 평소 가지고 싶었던 브랜드에 상태도 매우 깨끗했다. 연식은 좀 되었지만 성능은 중요한 게 아니니 곧바로 채팅을 걸었고, 30분도 안 되어 거래를 마쳤다.

판매 가격보다 2만 원이나 깎아서 정말 잘했다고 생각하며 노트북을 켰다. 그런데 웬걸, 깔끔한 외모와는 다르게 부팅이 너무 느리다. 어라, 전에 쓰던 거랑 비슷한 사양이었는데 왜 이렇게 버벅거리지? 컴퓨터 정보를 살펴보니 이런 젠장! Pentium이 아니라 Celeron이다. (뭐가 뭔지 나는 모르지만 펜티엄이 더 빠른 거란다.) 눈에 뭐가 씌었는지 잘못 읽었다. 하얗고 깨끗한 외관에 취해서였을까. 이제 와 반품할 수도 없는 노릇이니 일단 이대로 써야겠다.


며칠을 보냈다. 그런데 내 손가락은 자꾸 당근 앱을 켜고 다시 노트북을 찾아보고 있다. 그냥 써야겠다는 다짐과 다르게 마음에 안 든다는 뜻일 테다. 그러다가 또! 괜찮은 녀석이 나타났다. 다른 사람이 예약 중이었던 물건이 취소되어 알림이 왔다. 배터리가 없어서 항시 전원을 연결해야 하지만 그래도 지금 것보다는 훨씬 성능이 좋은 녀석이다. 못난 외모가 마음에 걸렸지만 그 가격에 절대로 구할 수 없는 노트북이라고 여겨졌다. 그렇게 다시 당근을 했다.

그렇게 업어 온 두 번째 노트북은 그냥 보기에도 허름했다. 배터리가 다 되어 제거했는데 이사를 하다가 잃어버렸다고 했다. 배터리가 끼워져 있어야 할 공간이 휑하다. 흉물스럽다고까지는 아니지만 아무튼 보기에는 안 좋다. 키 스킨 자국에다 먼지까지 잔뜩 쌓여 있었기에 사실 별로 마음에 들지 않았다.

물티슈를 꺼내 들었다. 먼지를 빡빡 닦았더니 좀 봐줄 만했지만 배터리 부분은 영 적응되지 않았다. 이거 또 당근 앱을 켜야 하나? 더는 노트북에 신경 쓰기 싫은데. 걱정 한가득으로 전원을 켰다. 녀석이 몇 초도 안 되어 부팅을 완료했다는 것을 알아차렸을 때 내 마음에도 긍정의 신호가 켜졌다. 오호라, 이거 정말 괜찮은데? 외모와 연식에 비해 성능이 굉장히 좋다. 배터리가 없다는 이유로 시세보다 훨씬 싸게 샀으니 만족감도 두 배가 된다. 그래, 이거면 충분하다.


주말 사이에 두 개의 중고 노트북을 구매하면서 문득 하완 작가의 이야기가 떠올랐다. 작가는 빨래를 개려고 속옷을 집어 들었다가, 무려 5년 동안 속옷을 한 장도 사지 않았음을 깨닫는다. 겉으로 보이지 않는다는 이유 하나만으로 괄시받던(?) 속옷을 보며 타인의 시선에만 신경 쓰던 자신의 모습을 발견한다.

나 역시 그랬다. 그렇게 그러지 말자 해놓고 인마… 나는 여전히 겉모습에 잔뜩 취해 살고 있었다. 다른 사람이 나를 어떻게 볼까만을 생각하고 걱정하며 '속'을 들여다보는 데 소홀했다. 외관만 번지르르했던 1번 노트북처럼 나는 남들의 이목에만 신경 쓰며 나를 돌보지 못했다. 그렇다고 외적으로 훌륭한 것도 아니면서 말이다.

못났지만 마음에 쏙 들었던 '2번 노트북'을 보며 생각했다. 못나면 좀 어떤가. (사실 여기서 더 잘나질 수가 없다.) 어차피 외모로는 안 되니 이제부터 내실을 다지겠다. 남들이 아니라 내 마음이 시키는 대로 살아보자. 그리고 중간중간 들려오는 싫은 소리에 연연하지 말자. '겉바속촉(겉은 바삭하고 속은 촉촉한)'까지는 아니더라도, 부드럽고 속이 꽉 찬 어른이 되고 싶다.

예쁘장한(그러나 성능이 조금 떨어지는) 1번 노트북은 새 주인을 찾았다. 마침 조카 녀석이 온라인 수업을 위해 필요하다고 해 선심 쓰듯 선물했다. 그나마 줌Zoom이 잘 돌아가서 다행이다. 경아(조카에게 하는 말이다), 이모부가 그거 힘들게 업어 온 거다. 지지고 볶으면서 잘 써야 한다. 알았지?

# 잘 가 :
## 너를 보내고

### 1편

한국의 산토리니. 쏠비치 삼척에 가는 날이다. 대체 얼마 만의 여행인가! 어렵게 예약한 만큼 기대도 컸다. 영동고속도로를 빠져나오고도 한 시간이 더 걸렸다. 계속 운전만 하느라 피곤해 죽겠지만 뒷자리에서 신난 아내와 아이를 보니 절로 힘이 난다. 휴가의 시작은 언제나 즐겁다.

가까스로 도착해 주차장에 차를 댔다. 입구 쪽에 딱 한 자리가 비어 있다. 역시 난 운이 좋아! 마음속으로 외치며 천천히 후진했다. 주차도 완벽하다. 시동을 끄고, 차에 있는 짐을 손에 들며 운전석 문을 열었다. 그런데…

슝~ 쾅!

순식간이었다. 문을 열다 그대로 놓쳐버렸다. 등 뒤에서(바다 쪽에서) 엄청나게 센 바람이 불고 있었더랬다. 차 문이 활짝 열리더니 그

대로 옆 차를 때렸다. 아, 큰일 났다. 이건 문'콕'이 아니라 문'쿵'이다. (ㅜㅜ)

쫄리는 마음으로 옆 차를 살폈다. 부딪힌 곳은 조수석 손잡이 부분이다. 단단한 소재라 그런지 신기하게도 찌그러지거나 스크래치가 생기지 않았다. 그런데 차 안에 인기척이 느껴진다. 헉, 사람이 타고 있었던가. 창문을 내리길래 정중히 사과했다.

"죄송합니다. 바람이 너무 많이 불어서 그만 문을 놓쳤습니다."

그는 차에서 내려 슬쩍 보더니 괜찮다며 그냥 가서도 된다 했다. 오! 하느님! 정말 행운이다. 문콕(문쾅)을 당하고도 이런 반응을 보이는 게 쉽지 않다는 걸 알기 때문이다. '감사합니다'와 '죄송합니다'를 반복하며 숙소로 향했다.


그나저나 내 차는 문짝 끝부분이 움푹 들어갔다. 뽑은 지 두 달 만에 겪은 첫 사고다. 쥐가 파먹은 것처럼 볼 때마다 웃긴 모습이다. 결국 동네에 차 펴는 곳에서 5만 원 주고 폈다.

## 2편

급작스레 회식이 잡혔다. 가기 싫지만 어쩔 수 없다. 평소 같았으면 차를 회사에 두고 갈 텐데 오늘은 금요일이다. (금요일에 회식 잡지 맙시다. 예?) 할 수 없이 대리운전을 부르기로 했다. 교대 인근의 음식점에 도착하니 직원이 발레파킹을 해준다고 한다. 자동차 키를 맡기고 식당으로 들어가 술자리를 시작했다.

알딸딸하다. 만취까지는 아니지만 술기운이 몸에 골고루 퍼져 있는 느낌이다. 다들 2차로 맥주를 마시러 간단다. 나는 차 때문에 그냥 집으로 가기로 하고 대리운전을 불렀다. 그런데…

"사장님(저 사장 아니고 쭈구렁인데요), 차가 원래 이랬어요?"

갑자기 무슨 뚱딴지 같은 소리지? 발레파킹을 해준 직원이 헐레벌떡 뛰어오더니 내 차 사진을 보여주었다. 후열 좌측 문이 움푹 들어가 있고 누가 크레파스로 칠해놓은 것처럼 노란빛이 가득하다. 사진을 보자마자 직감했다. 어린이집 버스가 내 차를 꼬라박고 도망갔다. 이런 젠장! 이거 완전 뺑소니잖아?

술이 확 깬다. 잠깐만, 이제 어떻게 해야 하지? 마침 도착한 대리기사님은 내가 불쌍해 보였는지 이것저것 조언을 해주시며 일단 경찰서로 가잔다. 식당 주인과 다시 연락하기로 하고 교통사고 접수를 했다.


며칠 후 경찰서에서 연락이 왔다. CCTV 확인 결과 예상대로 인근 어린이집 버스 기사가 코너를 돌다 사고를 낸 거란다. 본인은 몰랐단다. 문짝이 찌그러진 정도를 고려하면 절대 그럴 리가 없지만, 증명할 방법이 없으니 답답할 노릇이다. 차는 서비스 센터로 끌려가 문짝을 교체했다. 내 돈이 들어간 건 아니지만 마음이 꽤 아프다.

# 3편

비 내리는 토요일 아침, 오늘은 봄옷을 사러 가는 날이다. 아내와 처형, 아이를 태우고 출발했다. 차를 타고 15분 정도 걸리는 곳에 자주 가는 아웃렛이 있다. 늘 다니던 길이었기에 별생각 없이 운전하다 삼거리 앞에서 신호에 걸려 정차했다.

좌회전 신호가 들어와 천천히 핸들을 돌렸다. 그렇게 교차로에 진입하고 몇 초가 지났을까. 아내가 뒷자리에서 소리를 질렀다.

눈앞에 하얀색 SUV가 나타났다. 브레이크를 밟을 새도 없이 그대로 들이받았다. '끼기기기긱' 하는 소리가 났다. 멈추고 나서야 사고가 났다는 걸 알게 됐다. 아… 이게 무슨 일이니.

다친 사람이 없는지 살폈다. 다행스럽게도 괜찮은 듯하다. 신호 위반을 하고 교차로에 들어온 하얀색 자동차의 주인은 대뜸 본인이 받혔다며 피해자 코스프레를 했다. 당황스러웠다. 여보세요, 지금 니가 신호 위반하셨잖아요! 차에서 내려야 하는데 문이 안 열린다. 나중에 안 사실이지만 보닛이 밀려 문 쪽까지 침범했다. 하는 수 없이 뒷좌석 문을 열고 내렸다.

비 오는 삼거리 한복판에서 사고 처리를 했다. 당당하던 가해 운전자는 보험회사 직원이 오자마자 말이 없어졌다. 본인 과실이 100퍼센트라는 걸 이제야 인지한 모양이다. 결국 사과 한마디 없이 떠났다. 하도 괘씸해서 경찰에 사고 접수를 할까 한참을 고민했지만(중과실 사고이므로 사고 접수를 하면 가해 운전자는 벌금형을 받게 된

다) 초보 운전 딱지를 보니 마음이 약해졌다. 어휴, 참자. 안 다친 게
어디냐.

　상대방 보험회사에서 연락이 왔다. 차량 수리비가 어마어마하게 나
왔다고 한다. 수리 비용이 중고차 시세보다 높은 관계로 전손 처리(폐
차)를 하는 게 어떻겠냐고 물었다. 네? 뭐라고요? 폐, 폐차하라고요?

가족의 첫 차를 그렇게 떠나보냈다. 폐차 전, 차에서 짐을 꺼내는데
괜스레 눈물이 났다. 그동안 고마웠어. 덕분에 우리 가족 하나도 안
다치고 건강하게 지냈어. 덕분에 좋은 데도 많이 가봤고 즐거운 추
억도 쌓았어. 고마워 정말. 네가 그리울 거야.

참으로 희한하다. 자동차는 다른 물건과 다르게 애착이 간다. 항상
내 옆에 있었기 때문인가? 아니면 내가 가진 '움직이는 것' 중에서 가
장 비싼 녀석이기 때문인가? 정확한 이유는 모르겠지만 애지중지하
던 차를 떠나보내는 느낌은 마치 오래된 친구와 헤어지는 기분이다.

　자동차가 이 정도인데, 사람은 어떨까. 친구 같았던 자동차를 떠
나보내며 나는 '헤어짐'에 대해 생각한다. 항상 옆에 있기에 모르고
지나쳤던, 나의 소중한 사람들을 떠올린다. 그리고 누구나 알지만
실천하기 어려운 문장 하나를 이렇게 곱씹는다.

있을 때 잘하자. 떠나보낸 뒤에 후회하지 말고.

## 다시 캠핑,
## 완벽하지 않아도
## 즐거운

하얗게 흐드러졌던 벚나무에 어느새 푸른 잎이 무성해졌다. 낮에는 덥고 아침저녁으로는 쌀쌀한, 감기에 걸리기 딱 좋은 계절이다. 시국이 시국이니만큼 주변의 따가운 눈총을 받을 수 있으니 무조건 조심해야 한다. 마음대로 콧물도 흘리지 못하는 이런 삼차방정식 같은 상황(짜증 난다는 뜻이다)이 답답하지만, 뭐 어쩌겠나. 조심하면서 좋아지길 기다리는 수밖에.

아내의 수술과 추운 날씨를 핑계로 동계에는 캠핑을 쉬었다. 파워뱅크(배터리)에 무시동 히터까지 달아놓고 자주 떠나지 못해 조금 아쉬웠지만, 우리 가족 모두 건강하게 겨울을 보냈으니 그걸로 만족한다. 그래도 한 번, 아이를 데리고 강릉 앞바다에서 차박을 하고 대게를 실컷 먹고 왔다. 겨울은 그렇게 지나갔다.

3월이 되면서 슬슬 나가볼까 했는데 주말만 되면 귀신같이 비가 내렸다. 비가 안 오나 싶더니 이번엔 어마무시한 황사가 찾아왔다. 그렇게 또 패스. 오매불망 기다렸던 올해의 첫 캠핑은 벚꽃이 다 떨어져갈 때쯤이었다. 아주 오랜만에 만나는 봄 날씨에 흥분한 채 이번에야말로 제대로 떠나보겠다고 다짐했다.

풀세트로 짐을 싸려니 뭔가 어색하다. 그동안 간편하게 차박은 몇 번 다녔어도 캠핑 장비를 바리바리 챙겨 떠나는 오토캠핑은 거의 반년 만이다. 텐트, 타프, 테이블, 의자, 버너, 코펠, 난로, 아이스박스, 랜턴, 아이 옷… 뭐가 이렇게 많냐. 2박을 할 수 없는 상황이 아쉽기만 하다.

그렇게 도착한 곳은 충주시 산척면에 있는 명돌캠프. 폐교를 개조해 펜션과 캠핑장으로 운영하는 곳이다. 원래는 목계솔밭에 가려고 했는데 이곳이 무료이다 보니 주말만 되면 에버랜드 저리 가라 할 정도로 사람들이 몰린다고 해서 장소를 바꿨다. 사실 이곳은 내가 처음으로 아이와 함께 차박을 했던 곳이다. 고즈넉한 캠핑장에 도착해 주차하고 차박 텐트를 연결했다. 오토캠핑장에서의 차박도 나름의 매력이 있다.

차에 잔뜩 실린 짐을 하나씩 꺼냈다. 우물 정(井) 자로 장작을 쌓고 불멍 준비까지 마쳤다. 이번 캠핑은 정말 완벽해! 모든 세팅을 마치고 시원한 맥주 캔을 따 벌컥벌컥 마실 때의 기분은 정말이지 이루 말할 수 없을 정도로 좋다. 대형 방방이에서 아이와 실컷 놀다가 슬슬 허기가 져 마트에서 사온 목살을 꺼내 구이바다에 올리려던 찰나였다. 뭔가 부족하다는 생각이 스멀스멀 올라왔다.

가만있어 보자. 내가 뭘 놓고 왔더라. 오는 길에 마트에 들러서 고기를 사오긴 했는데… 이런 젠장! 먹을 게 고기밖에 없네? (ㅋㅋㅋ) 오! 마이! 가스레인지! 지금 4시인데, 고기 먹고 나면 이따 밤에는 뭐 먹지? 정신이 번쩍 들었다. 사실 캠핑장 앞에 마트(알고 보니 작은 슈퍼)가 몇 개 있었던 게 기억나 고기 말고는 여기 도착해서 사자고 생각했던 게 화근이다.

슈퍼에 내려가 어떤 식자재가 있나 봤더니 없다. (ㅜㅜ) 큰 마트에 가려면 차를 가지고 가야 하는데 맥주를 마시기도 했고, 도킹 텐트를 친 상태니 그마저도 불가능하다. 이대로 고기만 먹고 자야 하는가!

오랜만에 캠핑 간다고 설레발을 치다가 제일 중요한 거(=먹을 거)를 빼먹었다. 급한 대로 슈퍼에서 공수한 라면과 달걀, 3분 짜장으로 캠핑 음식을 대신했다. 달걀프라이 안주에 소맥 드셔보셨는가? 라면 안주에 와인 잡숴보셨는가? 믿기 어렵겠지만 밖에서 먹으니 이래도 맛있다. 나름 괜찮았다. 못 챙겨온 쭈꾸미볶음과 떡볶이와 프라이드 치킨이 계속 머리에서 아른거렸던 것만 빼고. 음식이 부족했던 덕분에(?) 술도 조금 먹고 일찍 잤다. (일어나자마자 정리하고 인근 맛집으로 출동했다는 슬픈 전설이….)

이번 캠핑을 돌아보며 느낀 점은, 아무리 열심히 노력하고 준비하더라도 그것이 반드시 좋은 결과로 이어지지는 않는다는 것이다. 꼼꼼히 챙긴다고 물품 리스트까지 적어놓고 밥을 빼먹었던 나처럼, 우리는 언제나 실수와 실패의 가능성을 목전에 두고 인생을 살아간다. 하지만 그것이 '잘못'은 아니다. 맛있는 메뉴가 없어도 즐거웠던 지난주 캠핑처럼, 그러면 그런대로, 저러면 저런대로 인생을 즐기면 된다. 중요한 건 실수나 실패 자체가 아니라 그걸 바라보는 나의 태도다.

나는 완벽한 사람이 될 수 없다.
늘 까먹고, 실수투성이다.
인생이 항상 만족스러울 수는 없다.
나는 언제든지 실패할 수 있다.
그래도 괜찮다.


강한 바람으로 잠시 쉬었던 지난주를 뒤로하고 내일 우리 가족은 다시 캠핑을 떠난다. 이번 캠핑의 주제는 '식도락'이다. 지난 캠핑의 한을 풀기 위해(맛있는 음식을 먹기 위해) 2주 동안 철저하게 준비했다. 철판(그리들)을 질렀다. 화로대도 바꿨다.

참나무에 불을 피우고 철판을 올려 삼겹살에 버섯에 오징어에 새우에 김치에 파 무침까지 다 들이붓고 익힌 다음 얼음 동동 소맥을 말아 한입에 털어 넣을 것이다. 아침에는 우아하게 커피를 내리고(인스턴트 커피) 버터에 식빵을 굽고 치즈와 에그 샐러드(달걀프라이)를 올린 후 딸기 잼을 듬뿍 발라 먹을 것이다.

기대하시라. 개봉 박두 커밍 순이다. 근데 이러다 텐트를 놓고 가는 건 아니겠지?

# 딸꾹, 딸꾹 :
# 제발 좀
# 멈춰주세요

"아빠! 괜찮아?"

정신을 차려보니 아이가 나를 흔들어 깨우고 있다. 머리가 깨질 듯 아프다. 커다란 돌덩이가 하나가 들어 있는 느낌. 그나저나 아직 새벽인데 왜 이 녀석은 여기까지 달려와 나를 깨웠을까. 뒤이어 잔뜩 화가 난 아내의 목소리가 들렸다.

"으이구, 인간아. 술 좀 작작 먹으라고 했지!"

그랬다. 맛있는 것을 먹겠다고 독기를 품고 떠난 캠핑장에 초등학교(사실은 국민학교) 동창 친구가 놀러 왔다. 아내와도 안면이 있기에 같이 술잔을 기울이고 즐거운 시간을 보내며 함께 어울렸던 것뿐인데(노래 가사 아님). 캠핑 준비한다고 피곤했는지 평소보다 훨씬 빨리 취해버렸다. 맛있는 음식보다 술을 더 많이 먹은 것 같다. 하여간 술에 취해 야전침대에 그대로 뻗고 나서 밤새도록 딸꾹질이 멈추질 않았던 거다. 자는 사람도, 듣는 사람도 불편한 소리. 어린 마음에 아빠가 얼마나 걱정됐는지 아이는 계속해서 엄마에게 아빠 죽는 거 아니냐고 물었다고 한다. 그저 부끄러울 따름이다.

하여간 딸꾹질을 한다고 잠도 제대로 못 잔 데다, 숙취까지 겹쳐 정말이지 컨디션이 최악이다. 몽롱함과 두통이 겹쳐 그대로 눕고 싶지만 이제 정리하고 자리를 비워줘야 한다. 아아, 내가 왜 이렇게 술을 많이 먹었을까. 앞으로는 절대! 다시는! (매번 실패하는 다짐이다.)

1.5톤 정도 될 법한 몸을 일으키자마자 얼음물을 꺼내 마셨다. 하지만 이놈의 딸꾹질이 멈추질 않는다. 말하다가 딸꾹, 매트 접다가 딸꾹, 쓰레기를 모으다가 딸꾹. 정말 미추어버리겠다. 얘는 왜 이렇게 계속 나와서 나를 힘들게 하는 거야 딸꾹. 이런 니ㅏㅎ미아ㅓㅣ마ㅓ 이ㅓㅁㅎ니아ㅓ 미니않ㄹ 같은 상황이 너무 싫지만 내가 자초한 일이니 입 꾹 닫고 일이나 해야겠다 딸꾹.

원래는 아이와 월악산 하늘재 코스를 산책하려고 계획했지만 술때문에 모든 것이 망했다. 산책로 입구에 있는 사찰에 들러 불상을 보여주는 거로 짧은 여행을 끝내고, 고향 집으로 향했다. 빨리 가서 쉬고 싶은 마음뿐이다 딸꾹.


큰일 났다. 딸꾹질이 도무지 멈추질 않는다. 물을 마셔도, 숨을 참아도, 입속에 라면을 들이부어도 그대로다. 의지와는 상관없이 종일 딸꾹거리는 나 자신이 싫고 아들 보기 부끄럽고 아내에겐 미안하고 그것보다 얼른 이놈의 딸꾹질이 멈추기만 하면 정말 소원이 없겠다. 제발 멈춰줘. 응? 내가 정말 잘못했어. 이제 절대로 과음 안 할게.

점심을 먹고 잠시간 주춤했던 딸꾹질은 다시 저녁때까지 계속됐다. 도저히 안 되겠다 싶어 인터넷을 열고 '딸꾹질 멈추는 법'을 검색했다. 설탕 한 스푼 먹기, 손가락을 귀에 넣기, 깜짝 놀라기, 물 마시기, 입천장 간지럼 태우기, 일시적으로 숨 멈추기, 밀폐된 주머니 속에서 호흡하기 등의 방법이 열거되어 있었다.

오만상을 다 쓰면서 인터넷에 소개된 모든 방법을 시도했다. 하나하나의 효과를 기술해본다.

① 가장 대중화된 방법인 물 마시기로는 딸꾹질의 'ㄸ'도 못 건드렸다. 물 마시는 거로 딸꾹질을 멈추려면 도대체 얼마나 많이 물을 먹어야 하는가? 2리터 가까이 물을 마셨지만 효과는 제로였다. (화장실만 오지게 들락날락했다.)

② 아내와 아이에게 부탁했다. 깜짝 놀라게 해달라고. 뒤에서 소리도 질러보고 등도 두드려봤지만 효과가 없다. (내가 놀라지 않아서 그런 것일 수도….) 괜히 놀라게 하려다 사이만 나빠질 수 있다는 건 안 비밀이다.

③ 숨 멈추기도 별로 효과가 없어 크린백을 하나 뜯어 봉지에 입을 대고 숨을 쉬어봤다. 어휴 이것도 별로다. 밀폐된 주머니 속에서 호흡하기로는 턱도 없다. 끈적거리는 느낌에 기분만 상했다.

④ 손가락을 귀에 넣기, 입천장 간지럼 태우기는 어떻게 하라는 건지… 모르겠다.

⑤ 그나마 효과가 있었던 방법은 '설탕 한 스푼 먹기'였다. 집 앞 편의점에 갔다가 맥도널드에 들러 아이스크림콘을 하나 샀는데, 거기에 있는 초콜

릿을 살살 녹여 먹었더니 딸꾹질이 멈췄다. 강한 단맛으로 딸꾹질이 멈출 수 있다더니… 오! 예스!

…라고 생각했지만 자려고 누웠는데 다시 딸꾹질이 시작됐다. 미치겠다. (ㅜㅜ) 모든 방법을 다 써봤는데도 이 모양이다. 오늘도 잠 못 드는 밤이 되겠구나. 이제는 걱정이 한가득한 눈빛으로 나를 보는 아내와 아이에게 정말 면목이 없다. 정말 미안해. 내일도 이러면 정말 병원에 가봐야겠다고 생각했다.

자리에 누워 계속 딸꾹거리니 이제는 정말 화가 난다. 안 되겠다. 너 죽고 나 죽자. 최후의 방법이다. 숨을 쉬지 않겠다. 잠깐 멈추는 정도가 아니라 정말 죽기 직전까지 숨을 참아보겠다. 시작한다.

10초, 20초, 30초, 1분. 헉헉헉. 이렇게 숨을 참아본 게 얼마 만인지. 1분을 넘어가니 정말 생과 사의 갈림길에 서 있는 기분이다. 아직도 딸꾹. 한 번 더 해보자. 이번에는 더 길게. 50초, 60초, 70초… 90초를 넘기자 이대로라면 정말 숨을 거둘 수도 있겠다는 생각이 들었다. 푸! 하! 헉헉헉!

어? 멈췄다.

(배경음악) Queen, 'We Are The Champions'

왔노라. 싸웠노라. 이겼노라. (이 말을 지금 꼭 써야 한다.)

오랜만에(고작 하루뿐이지만), 정말로 오랜만에 푹 잤다. 딸꾹질 없는 평온한 일상이 이렇게도 소중할 줄이야. 이제 다시는! 절대로! 과음하지 않겠다고 다짐했다. 정확한 기전 작용이 어떤지는 모르겠으나, 사실 딸꾹질을 하는 자체가 정상적인 몸 상태는 아니라는 뜻이고, 게다가 이렇게 오래가는 경우 위험할 수도 있겠다는 생각에 가슴이 철렁했다.

새벽녘 야전침대까지 달려와 아빠를 깨우던 아이의 마음은 어땠을까. 밤새 걱정하며 잠 못 이뤘을 녀석에게 너무나도 미안했다. (물론 아내에게도….) 40대. 이제 과음할 나이는 지났다. 술을 끊겠다고는 말을 못하겠지만 이제부터는 말 그대로 '적당히' 좀 해야겠다. 딸꾹질에 시달렸던 지난 24시간, 잊고 있었던 문장 하나가 다시금 떠올랐다.

건강은 바람이 아닌 의무다.

## 못난이 꼰대
## 삐돌이 초코라떼

내일이면 4월도 끝이다. 동시에 올해의 3분의 1이 지나가고 있다. 나이가 들수록 시간이 빨리 간다는 어른들의 말씀이 사실로 받아들여진 지도 좀 되었다. 정신을 차려보니 어른이라는 가면을 쓰고 있다. 나는 아직 어린이고 청년인데 세상은 더 이상 나를 그렇게 부르지 않는다. 호칭은 그때그때 다르다. 옆집 아이는 '아저씨', 채소 가게 아줌마는 '애기 아빠', 태권도장 관장님은 '아버님' 그리고 가끔 나를 '총각'이라 불러주시는 3층 할머니, 건강하세요. 사랑합니다.

새벽 5시 반, 잠결에 아내 목소리가 들렸다. 오늘 회사에서 중요한 회의가 있다고 하던데, 자료를 보며 발표 연습을 하는 모양이다. 이번 분기 매출이 얼마나 늘었고, 원인은 무엇이고… 고생이네. 거실로 나왔다. 언밸런스한 검은색 트레이닝복에 블라우스, 앞머리에 감아놓은 분홍색 롤, 손에 들린 A4 용지 꾸러미를 보니 워킹맘의 바쁜 아침이 실감 난다. 안쓰러운 마음과 고마움을 동시에 느끼던 중 아내가 물었다.

"여보, 이거 말 좀 들어봐. 이상하지 않은지."

"어, 뭔데?"

"전년 동월 대비 매출이 12퍼센트 상승했습니다. 이는 코로나19 상황으로 인한 기저 효과로 사료되며….""

"응? 기저 효과? 그런 말 쓰면 다들 못 알아듣는 거 아니야?"

"이 말이 어려워? 너 기저 효과 모르지? (ㅋㅋ) 고시 공부했다는 사람이… 쯧쯧. 시점이 달라서 지표가 달라지는 거잖아."

"야야, 무시하지 마라. 나도 안다."

"지금 안 거 같은데….""

"아니거든!"

…라고 말은 했지만 당신 말이 옳다. 사실 많이 들어봤지만 정확한 뜻은 모르고 있었다. (당신이 이겼소…. 쿨럭) 민망함을 들키기 전에 자리를 벗어나야 한다. 잽싸게 출근 준비를 시작했다.

기저 효과Base Effect

경제지표를 평가하는 과정에서 기준 시점과 비교 시점의 상대적 수치에 따라 그 결과에 큰 차이가 나타나는 현상. 호황기의 경제 상황을 기준 시점으로 현재 상황을 비교할 경우, 경제지표는 실제 상황보다 위축된 모습을 보인다. 반면 불황기의 경제 상황을 기준 시점으로 비교하면, 경제지표가 실제보다 부풀려져 나타날 수 있다.

_출처 : [네이버 지식 백과] 기저 효과 (시사경제용어사전, 2017. 11., 기획재정부)

조금 어렵게 쓰여 있지만, 한마디로 기준을 어디에 두느냐에 따라 결과가 달라질 수 있다는 말이다. 기저 효과는 비교 대상의 기준에 따라 결과의 값이 달라지는, 이른바 통계적 착시다. 똑같은 현상을 보더라도 분석을 하는 주체에 따라 다른 결론이 나타날 수 있다. 따라서 발표된 지표를 볼 때는 그 뒤에 가려진 기저 효과를 함께 살펴볼 수 있어야 한다. (물론 이건 너무나도 어렵다.)

하여간 아내 덕분에 공부 좀 했다. 그러다 문득 이런 생각이 떠올랐다. 기준을 어디에 두느냐에 따라 결과가 달라지는 게 기저 효과라면, '나'를 바라보는 시각에도 당연히 기저 효과가 반영되어 있지 않을까? 마치 옆집 아기에게 아저씨라 불리는 내가 할머니에게는 총각이라 불리는 것처럼 말이다!


42와 3분의 1.

대외적으로 나를 나타내는 이놈의 지표에도 기저 효과가 잔뜩 반영되어 있을 것이다. 누군가에게는 많고 다른 누군가에게는 적다. 그러니까 중요한 것은 이 지표(=나이)를 바라보는 나의 마음이다. 지표 뒤에 숨겨진 진실을 보자. 내 나이 마흔둘. 여전히 나는 잘 삐지고 모자라지만(별명: 못난이 모지리 삐돌이) 한편으론 어른의 중후함도 가지고 있다(별명: 꼰대 초코라떼). 결국 나는 아저씨도 청년도 총각도 어린이도 아닌, 그냥 나다. 이것이 유일한 진실이 아닐까?

세상이 나를 바라보는 시각에서 빠져나와 (아주 잠깐이지만) 기저 효과를 제거한 본연의 나를 만나고 온 기분이다. 조금은 철학적이었던 만남의 결과는 세상의 시선에 흔들리지 말라는 작은 가르침이다. 어쩌면 내가 보고 있는 세상은, 그리고 나를 보는 세상의 시선들은 기저 효과에 이리저리 휘둘리는 불완전한 존재일지도 모르니까.

흔들리지 않는 편안함(광고 아님). 중심이 잘 잡힌 사람이 되고 싶다. 그래. 나는 온전하게 나로 살고 싶을 뿐이다.

# 교육부 장관은
# 망했지만

나인틴 나인티 투. 1992년. 그러니까 초등(국민)학교 6학년의 어느 날. 나는 선생님에게 이끌려 복도 끄트머리에 있는 허름한 공간에 와 있다. 혼나러 온 건 아니니 오해 말기. 마침 주번이었던 나는 다음 시간-산수(수학) 수업-을 위해 선생님을 도와 교보재 창고에서 대형 주판을 찾고 있다.

"주판이 어디 갔지? 몇 년 전에 쓰고 여기다 놔뒀는데…."

"선생님, 이거 아니에요?"

"어 그래. 맞다! 근데 주판이 왜 그 모양이니?"

어렵게 꺼낸 주판. 뽀얗다 못해 새하얀 먼지 옷을 입고 구성에 짱 박혀(?) 있던 터라 하마터면 못 보고 그냥 지나갈 뻔했다. 대충 먼지를 털어냈지만 꺼내보니 단박에 알 수 있었다. 정말 무지하게 낡았다는 것을.

어쨌든 선생님과 주판을 맞잡고 교실로 들고 왔다. 걸레로 쓱싹쓱 싹 닦고 칠판 위에 올렸다. 그때만 해도 주산이 유행이던 시절이었다. 나 또한 한창 잘나갈 때는 서너 자리 덧셈까지 암산으로도 척척 맞히곤 했었다. (믿기 어렵다면 그냥 지나가셔도 좋다. ㅋㅋ) 주산학원 에이스 출신이라는 걸 어디서 들으셨는지 선생님은 나를 조교로 채용해 주판 돌을 이동시키는 역할을 맡기셨다.

어쨌든 오늘 수업은 실제 주판을 사용해 교과서에 있는 내용을 설명하는 시간이다. 그러나 결과적으로는 정상적인 수업이 될 수 없었다. 대형 주판은 이리저리 휘어 있었다. 주판 돌을 움직여도 올라가지 않았다. 게다가 백의 자리에는 알맹이가 두 개뿐이다. 이걸로 무슨 수업을 할 수 있겠나.

숙달된 조교는 진즉 '이 주판은 못 쓰겠다'라고 예상했으나, 선생님은 넘치는 열정으로 어쨌거나 수업을 진행하려고 했다. 기준점을 바꿔보기도 하고 휘어진 주판을 힘주어 맞춰보기도 했다. 하지만 역부족이었다. 몇 번의 시도가 진행될수록 선생님의 정수리에서부터 분노의 기운이 차오르는 게 느껴졌다. 선생님이 내게 말했다.

"잠깐 자리로 가 있어."

쾅!

내가 자리에 앉자마자 선생님은 대형 주판을 번쩍 들어 교실 바닥으로 힘껏 패대기를 쳤다. 주판알이 바닥에 이리저리 튀어 흩뿌려졌다.

"내가 이걸 부숴놓아야 너희 후배들이 새 주판으로 공부할 수 있을 거다."

잠시 겁을 먹었던 아이들은 이내 알아들었다는 듯 손뼉을 쳤다. (아싸! 오늘 수업 끝.) 하여간 그 후로는 수업 시간에 주판을 다시 볼 수 없었다.

그때 생각했다. 철부지 어린이의 마음속에 처음으로 '꿈'이 생겼다. 나는 이다음에 커서 어른이 되면 반드시 '교육부 장관'이 될 것이다. 그래서 아이들이 양질의 교육을 받을 수 있게 만들 테다. 더는 주판이 없어 수업을 못하는 일이 생기면 안 된다. 지금 생각해보면 아~ 주 야무진 꿈이었지만 그래도 대통령은 아니지 않은가? (굉장히 구체적인 꿈이었다고.)

• • •

28년이 지났다. 교육부 장관이 되겠다고 말했던 쪼그만 아이는 교육부 장관은커녕 공무원 시험에도 세 번이나 떨어졌다. (쉿, 비밀이다.) 그러니까 공무원은 고사하고 고시 낭인을 거쳐 지금은 평범한 아저씨가 된 셈이다. 당연하게도 그 아저씨는 지금 이 글을 쓰고 있는 사람이다.

인생이 망한 것 같지만 너무 그렇게 생각하지 않으셨으면 한다. 그래도 하나는 이뤘다. 그때 생각했던 어른이 되긴 됐으니까. 조금 더 정확히 말하면 어른이라고 생각했던 나이가 되었으니까. 물론 내가 되고 싶어서 된 건 아니고… 그저 시간이 날 여기까지 데려왔을 뿐이지만, 어쨌거나 나는 당시 선생님 또래가 됐다. (무슨 시간이…. ㅜㅜ) 지금 모습을 열세 살 코흘리개가 보게 된다면 분명 '어른'이라고 말하겠지. 폭삭 삭은 모습에 엄청 놀랄 수도 있겠다만.

(2020년 4월)
'윙~ 윙~.' (스마트폰 진동 소리)

또 재난 문자다. 이제는 하도 많이 받아서 씁쓸하기만 하다. 코로나 19 바이러스가 전국을 덮쳤다. 인터넷 기사를 뒤적이다가 현장에서 고군분투하는 의료진의 이야기를 들었다. 방호복이 없어 간신히 마스크만 쓰고 일한다는 얘기였다. 안타까운 마음에 난생처음 '기부'라는 걸 해볼까 생각했다. 생활비가 빠듯해 많이는 못하겠고 쌓여 있는 신용카드 포인트라도 좀 써야겠다. 그나저나 내가 기부를? 참으로 뿌듯하구나. 나 이런 사람이야. 자식, 멋지다 멋져. 잠시 취했다.

우쭐하던 두 눈 사이로 누군가의 댓글이 들어왔다. 온라인 기부 사이트에 어떤 사람이 이렇게 글을 적어놓았더랬다.

"정말 훌륭하십니다. 나라를 위해 봉사하다니 정말 존경받아 마땅하십니다. 저도 이 사태에 조금이나마 힘이 되고 싶어 적은 돈이나마 기부합니다. 제가 아직은 학생이지만, 제가 빨리 어른이 돼서 감염병 치료제를 개발하는 과학자가 되겠습니다."

아아… 부끄러움이 물밀듯이 몰려왔다. 아직 어른도 되지 못했다는 저 아이가 나보다 훨씬 더 어른스러웠기 때문이다. 그는 어떤 마음으로 기부를 했을까. 그리고 빨리 어른이 돼서 이런 감염병을 치료하고 싶다는 생각은 어떻게 한 것일까. 금액의 많고 적음을 떠나 한없이 존경스럽던 그의 댓글 하나에 한동안 고개를 숙일 수밖에 없었다.

　나는 과연 내 나이에 걸맞은 생각과 행동을 하고 있는가. 어른이 되었다고 착각한 채 어린아이처럼 욕심만 부리고 있었던 것은 아닐까. 어느 책 제목처럼 마흔이 넘으면 어른이 되어 있을 줄 알았다. 하지만 아니었다. 나는 아직 갈 길이 멀다.

아마도 중학생쯤 되었을 법한 그 아이의 얼굴을 떠올려본다. 타인을 생각하고 아끼는 그 선한 마음을 본받고 싶다는 말도 함께. 바스러진 주판을 보며 야무지게 교육부 장관의 꿈을 꾸었던 아이는 아직 어른조차 되지 못했지만, 과학자가 되어 감염병을 치료하겠다는 그의 꿈은 꼭 현실이 되길 바란다. 이 아재가 진심을 담아 응원한다.

# 왕초보님,
# 감사합니다

큰일 났다. 이대로라면 지각이다. 내가 왜 국도를 놔두고 고속도로를 탔을까. 이리저리 머리를 굴려보지만 답이 없다. 꽉 막힌 경부고속도로는 저 멀리 양재 IC가 나타날 때까지 이 상태를 유지할 것이다.

급한 마음에 요리조리 차선을 바꾸고 있다. 저 좀 늦었어요. 미안해요. 조금은 유난스럽게 차 사이를 끼어들었다. (갑자기 '차사이로마까(세계에서 제일 빠른 일본 사람 '비사이로마까' 참고)'가 생각나는 걸 보니 나는 아재가 맞다.)

그러다 문득 나타난 앞차. 뒤 유리에 큼지막한 글씨가 쓰여 있다.
초.보.운.전.

고이 접어 나빌레라 같은 하이얀 빛깔을 보아하니, 완전 새 차다. 출고된 지 일주일은 되었을까? 그러고 보니 이 차에 붙은 초보 운전 표식이 그 유명한… A4 용지다. 혹시 그거 아시는가? 이 바닥에도 레벨이 있다는 것을. 초보 운전 표식에도 예쁘고 개성 넘치는 것이 많

지만… (예컨대)

왕초보
결초보은
2시간째 직진 중

이 모든 것을 꼬리 내리게 하는 표식이 있으니, 그것이 바로 'A4 용지에 급하게 써서 붙여놓은 표식'이다. 이런 분이 진정한 초보 운전이다. 그러니까 도로에서 이런 차를 만난다면 평소보다 훨씬 더 배려해야 한다.

나는 교양 있는 사람이라 천천히 간다고 경적 같은 거 누르지 않는다…는 개뿔. 아, 잘못 걸렸다. 나 지각이라고! 안 되겠다. 다시 차선을 바꾸려고 양쪽으로 고개를 두리번거렸지만 옆 차선도 꽉 막혀 도무지 끼어들 수가 없다. 아니나 다를까 이 와중에 앞차는 엄청난 간격을 둔 채 느릿느릿 반응하고, 나는 이러지도 저러지도 못한 채 발만 동동 굴리고 있다. 세월아! 네월아! 어디 있니? 더 못 참겠는 건 옆 차선의 다른 차들이 계속해서 그 앞으로 끼어들고 있다는 점이다.

　빵빵이에 손을 올린 채 누를까 말까를 천 번쯤 고민했다. 하아. 미치겠다. 답답해 죽겠어. 앉은자리에서 고구마를 15개 정도 먹고 있는 느낌. 따지고 보면 정말 몇 분 안 되는 시간이었지만, 이때만큼은 그야말로 억겁의 터널을 지나는 기분이었다. '참아야 하니라.' 속으로는 계속 외치고 있지만 지각에 대한 두려움이 나를 더욱 초조하게 만든다.

그래도 용케 살았다. 양재 나들목에서 빠져나오자마자 부지런히 달린 덕분에 간신히 지각은 면했다. 내 앞을 가로막았던 그 차를 생각하니 속이 좀 꿀렁거리고 가슴이 답답해진다. 그래도 늦지 않았으니 정말 다행이야.


며칠 후, 아내가 처형과 아웃렛에 간다며 차를 쓴단다. 마침 나도 운동하러 갈 참이어서 가는 길에 나를 공원에 내려주고 오는 길에 다시 데리러 오기로 했다. 만날 시각이 다 되어 공원 앞 2차선 도로에 나와 큰길 쪽을 바라보니 저 멀리 우리 차가 오고 있다. 그래도 운전 실력이 꽤 늘었네! 생각하던 찰나였다. 아내의 차 뒤쪽에서 갑자기 굉음이 울렸다. 아까부터 따라오던 검은색 스포츠 세단이 아내의 차를 추월해 무서운 속도로 달려오기 시작했다. 아, 저러면 안 될 텐데….

검은색 차가 아내를 추월하자마자 과속방지턱이 나타났다. (너는 몰랐지만 난 다 보고 있었다.) '꿀렁'하는 소리와 함께 자동차가 날아올랐다. (물론 얕은 점프였지만.) 이어서 '부욱'하고 앞 범퍼가 아스팔트에 쓸렸다. 그러고는 내 앞을 '휘잉'하고 지나갔다. 이 모든 일이 순식간에 벌어졌다. 그나저나 저 차는 괜찮을까?

운전자 교대를 하면서 아내가 투덜거렸다.

"아니, 아까부터 뒤에 따라오던 차가 계속 빵빵대더니 갑자기 추월하더라고. 조금 천천히 간 것 말고 내가 잘못한 건 1도 없는데 저 사람 화가 많이 났나 봐. 옆에 지나가는데 자동차도 말할 수 있다는 걸 처음 알았어. 나 지금 너 때문에 엄청 화났어! ㅋㅋㅋ"

"괜찮아. 잘했어. 그나저나 금방 소리 들었어? 쟤 완전 점프해서 앞 범퍼 밑에 다 쓸렸어. 그러게 조금만 참지. 으이구."

멋들어진 검은색 스포츠 세단 차주는 지금 어디에선가 이불 킥을 하고 있으리라 예상한다. 답답함을 이기지 못하고 추월하다가 앞 범퍼까지 상했으니, 아마도 그는 여전히 분노를 삭이지 못하고 있을 테다. 오늘 하루를 완전히 망쳤다고 생각할지도 모르겠다.

아내의 이야기를 들으며 얼마 전 고속도로에서 만났던 하얀색 차를 떠올렸다. 그래. 나도 참 답답하긴 했는데. 그래도 잘 참아서 다행이야. 만약 그때 내가 무리해서 추월했다면? 어쩌면 나도 순간의 감정을 이기지 못한 채 또 다른 문제를 만들어내지 않았을까?

화(火)를 내면 화(禍)가 온다.

어찌 사람이 화 한번 안 내고 살 수 있겠냐만, 참아도 될 일은 좀 참아도 된다. (근데 이게 무슨 말이지?) 화를 내면 화가 온다는 이 말을 늘 마음에 집어넣고 있어야겠다. 특히 운전대만 잡으면 분노 조절

장애가 스멀스멀 올라오는 나 같은 사람은 더더욱. 이제부터는 내 앞에 초보 운전 차량이 나타나면 반갑게 맞이할 참이다. 마음속 '참을 인(忍)'자를 키워주는 훌륭한 스승님으로 생각하면서 말이다.

# 용서가
# 최고의
# 복수라고요?

출근길 집 근처 교회에 걸려 있는 현수막을 보게 되었다. 벽면을 가득 채운 현수막은 커다란 글씨로 단 하나의 문장을 담고 있었다.

'용서는 최고의 복수입니다.'

당시 나는 사람 때문에 힘든 일을 겪고 있던 시절이었다. 치졸하기 그지없었던 나의 마음은 괴로운 이유를 다른 사람에게서 찾고 있었다. 모든 것이 그 사람 때문이다. 그가 나를 힘들게 만들었으니, 나는 그 사람을 절대 용서할 수 없다. 언젠가는 그에게 복수할 날이 올 것이다. 이런 생각이 머릿속을 차지하고 있던 터였다. 그래서였을까. 저 짧은 문장은 큼지막했던 글씨보다 더 강렬하게 내 마음을 파고들었다.

'저게 말이 되는 소리인가? 나를 힘들게 한 사람을 용서하라고? 원수만도 못한 그놈을? 그게 어떻게 되겠어. 아무리 교회라지만 이건 좀 심한 거 아닌가?'

코웃음을 쳤다. 아무리 생각해도 나에게는 불가능한 미션 같았기 때문이다.

이후로 한동안 매일 아침 같은 길을 지나며 현수막에 적힌 글귀를 보게 되었다. 안 보려고 해도 워낙 커서 잘 보일 수밖에. 반복 학습의 효과가 이랬을까. 이상하게 그 글귀가 뇌리에 박히는 것만 같았다. 용서는 최고의 복수입니다… 최고의 복수는 용서입니다… 아, 왜 이렇게 자꾸 저 말이 보이는 거야.

그렇게 여러 날을 보냈다. 신기하게도 미워 죽겠다던 그 사람이 아주 조금씩 이해되기 시작했다. 그래. 어떤 이유가 있었겠지. 내 잘못도 분명 있었을 거야. 가슴으로 받아들이긴 싫지만 조금은, 아주 조금은 마음이 누그러지는 것 같았다. 시간이 지날수록 감각이 무뎌지면서 가끔은 마치 내가 그 사람을 용서했나 싶을 정도로 느껴지게 되었다.

글을 쓰고 있는 지금, 꽤 오랜 시간이 지났다. 솔직하게 말해서 나는 아직 그를 용서하지 못했다. 마음이 좀스러워 내가 보낸 힘듦의 시간을 그 사람도 똑같이 겪었으면 좋겠다는 생각을 가끔 한다. 사람 미워하면 안 되는데 그게 참 쉽지 않다. 나를 힘들게 했던 사람을 과연 용서할 수 있을까. 마흔이 훌쩍 넘었지만 나는 한참을 더 성숙해야 할 것 같다.

그러던 어느 날, 이메일 한 통을 받았다. 엊그제 〈고도원의 아침편지〉에 회원 가입을 하고 매일 아침 좋은 글귀를 이메일로 받는 서비스를 신청했는데, 오늘 아침 첫 메일이 온 것이다. 어떤 글이 실려 있을까 궁금해하며 마우스를 클릭했다.

이메일로 배송된 레슬리 가너의 책 속 한 줄, 거기에는 이렇게 쓰여 있었다.

"잘 살아라. 그것이 최고의 복수다."

아… 이 무슨 운명의 장난인가. 처음 배송된(?) 글귀에서 출근길 교회 현수막을 다시 만나게 될 줄이야. 용서는 최고의 복수라는, 인정하기 싫었던 그 말을, 그녀는 내가 이해할 수 있도록 충분히 설명해주었다. 용서는 증오심으로부터 자신을 자유롭게 해준다. 즉, 용서는 남이 아닌 나를 위함이다. 그것에게서 벗어나 새로운 삶을 살기위한 적극적인 행위다.

그제야 '최고의 복수로 용서를 택하라'는 말의 진정한 의미를 알수 있었다. 사람을 미워한다는 건 정말로 쓸데없는 행동이었다. 실상 그래봤자 내게는 전혀 도움이 되지 않을 테니 말이다. 그런데도나는 왜 증오심에 사로잡혀 에너지를 소모하고 있었을까. 용서는 '나'를 위해서 해야 한다는 그녀의 말이 조금씩 이해가 간다.

여전히 부족하지만 조금 더 여유로운 마음과 시간이 더해진다면, 어쩌면, 정말 어쩌면 그 사람을 용서할 수 있을지도 모르겠다. 그저 행복하게 잘 살아야겠다. 최고의 복수를 하기 위해서.

(최근 출간된 베스트셀러의 제목을 보고 또 놀랐다. 잘 살아라. 그것이 최고의 복수다…. 내가 만든 말도 아닌데 괜히 '아까비'스럽다. ㅋㅋㅋ)

# 노란색
# 포클레인

출근길. 경부고속도로 양재 부근부터 차가 막힌다. 이대로 설렁설렁 갈까, IC로 빠져나갈까를 잠시 고민하다 핸들을 틀었다. 나오길 잘했다. 국도는 뻥뻥 뚫린다.

하지만 몇 개의 신호를 지나자 다시 차들이 촘촘해졌다. 어라, 이럴 리가 없는데. 갑자기 왜 막히지? 앞에서 사고가 났나? 잠시 후 앞선 차들이 천천히 양쪽으로 갈라지기 시작했다. 그리고 나타난 작은 노란색 포클레인. 시속 30킬로미터도 안 될 것 같은, 느릿느릿한 속도다. 차들은 그런 포클레인을 추월해 옆으로 지나갔다. 나 역시 방향 지시등을 켜고 차선을 바꿨다.

노란색 포클레인 옆을 지나가며 운전자의 얼굴을 힐끗 쳐다보았다. 진회색 민소매 티셔츠에 수염이 덥수룩한, 어느 영화에서 한 번쯤 봤을 법한 얼굴의 운전자는 무덤덤하게 전방을 응시하고 있었다. 마치 '너희는 가라. 나는 내 갈 길 간다'는 표정으로.

포클레인 한 대 때문에 약간의 정체가 생겼지만, 그를 향해 대놓고 경적을 울리는 차는 단 한 대도 없었다. 만약 승용차였다면 천천히 간다고 오만 욕을 먹었겠지. 포클레인은 원래 천천히 가는 중장비다. (찾아보니 최고 시속이 60킬로미터라고 한다.) 크기가 작아도 중장비라는 이름이 붙어 있는 작지만 강한 포클레인. 그러니 사람들은 알아서 피해 간다.

출근길 포클레인에 부럽다는 감정을 느낄 줄이야. 마흔 평생 처음 느껴보는 이 기분은 뭘까. 5차선 도로의 수많은 차 사이에서 천천히 앞으로 나아가는 노란색 포클레인을 눈에 담으면서, 나 역시 그렇게 살았으면 좋겠다고 생각했다. 다른 차들이 얼마나 빨리 가는지와는 상관없이, 그 차들이 나에게 왜 이렇게 천천히 가느냐고 경적을 울리든 말든 그저 자신의 길을 묵묵히 걸어가는, 작지만 강한 포클레인이 되고 싶다는 상상을 하게 된 건 그저 우연이었을까, 아니면 마음속 깊은 곳에서부터 울리던 소리였을까.

매일 한 꼭지씩 글을 쓰기로 다짐하고 100일이 지났다. 100일 동안 쓴 글을 보니 정확히 66개다. 매우 민망하지만 3분의 2를 완료했다고 우겨볼 테다. 비록 여건이 안 되어 느리게 달렸어도 괜찮다. 천천히, 당당하게, 쫄지 말고. 이제 다시 내 갈 길을 걸어가면 되니까.

나는 작은 포클레인이 되고 싶다.

# 아재의 기술 :
# 나쁜 일 대처법


브런치에 새벽 달리기 글을 한번 올렸다가 졸지에 생각지도 못했던 '부지런한 사람' 이미지가 생겼지만, 사실 나는 굉장히 게으른 사람이다. 나의 본모습은 부지런함과는 거리가 멀다. 이번 주에 '월-수-금' 3일을 뛰자던 다짐은 수요일 아침에 늦잠을 자는 바람에 자연스럽게 '월-목-토'로 변경되었다. 그리고 목요일 아침이 되자 그 계획은 다시 '월-금-일'로 탈바꿈했다. 하하. 역시 나는 이런 게 어울린다. 그래도 이렇게 느슨한 내가 싫지 않으니 참 다행이다. (자기합리화에는 이제 도가 튼 것 같다.)

　하여간 오늘도 늦잠을 잤다. 동시에 달리기는 저 하늘 높이… 알람 소리에 완벽하게 눈을 떴지만, 머릿속 세포의 바다에서는 이미 여러 가지 핑곗거리가 둥둥 떠다니고 있었다. '지난주에 주문한 달리기용 시계가 아직 안 왔잖아? 그러니까 오늘은 쉬자.' 또 '아내와 아이가 거실에서 자고 있는데 현관문을 여닫을 때 자동으로 불이 켜질 테고. 그러면 깰 수도 있겠지? 그러니까 오늘은 쉬자.' 몇 개 더 있지만 여기까지. 늘 그렇듯 하기 싫은 구실은 잘도 만들어낸다.

그렇게 어영부영 하루가 시작됐다. 여느 날과 다르지 않게 출근 마지노선까지 침대에서 꿈틀거리다가 억지로 일어나 씻고 아이 옷을 입혀 차에 태웠다. 아파트 입구에서 좌회전 신호를 기다리며 잠시 정차 중이었다.

쿵!

헉. 모야모야. 이건 또 무슨 소리야. 몇 달 전 겪었던 교통사고의 트라우마가 되살아났다. 뒤쪽에서 느껴진 작지 않은 충격에 자동으로 몸이 부르르 떨렸다. 동시에 허리에 통증이 몰려왔다. 우리 또 사고가 난 거야? 뒤를 돌아보니 엄마 품에 안겨 잠을 자던 아이가 놀란 듯 깨어나 말똥말똥 아빠를 쳐다보고 있다.

"여보, 아들, 괜찮아?"

문을 열고 내렸다. 뒤차, 그러니까 내 차를 들이받은 마트 배송 차량 운전자는 내리자마자 연신 죄송하다는 말을 건넸다. 잠깐 졸았단다. 너무 피곤했던 나머지 신호 대기를 하는 짧은 시간 동안 브레이크에 발을 올리고 눈을 감았다가 이 사달이 났나 보다. 나 역시 무지하게 피곤할 때 가끔 그런 적이 있었으니(물론 내리막길에서는 금물이겠지만) 충분히 이해된다. 화를 낼 것도 없이 빠르게 사고 처리를 했다.

크게 다친 사람이 없으니 정말 다행이긴 한데… 몇 달 사이에 두 번이나 교통사고를 겪다니. 그것도 모두 상대방 과실로. 이거 무슨 액땜이지? 앞으로 얼마나 잘 되려고 이러는 거냐. (하여튼 긍정적이다.)

운전해본 사람이라면 알 테다. 내가 아무리 안전 운전을 하더라도 와서 박는 건 어쩔 수가 없다. TV 프로그램 〈맨 인 블랙박스〉에서는 이보다 더한 장면도 수두룩하다. 갑자기 중앙선을 넘어오는 트럭, 보이지도 않는 차들 사이에서 뛰어나오는 아이들, 도로 위의 장애물까지. 전혀 생각하지 못했던, 결코 예상하지 못했던 시간과 공간에서 좋지 않은 일이 생기기도 한다. 이건, 와, 정말 짜증 나지만 내가 도무지 어쩔 수가 없다.

살다 보면 그렇다. 내 잘못이 아닌데도 그 피해를 고스란히 감당해야 하는 때가 있다. 누구의 탓도 아니지만 어쩔 수 없이 아픔을 겪어야 하는 순간이 온다. 도로 위에서도, 회사 업무에서도, 심지어 사랑하는 사람과의 관계도 그렇다. 그게 아닌데, 내가 바란 건 이런 게 아니었는데… 어디서든 나쁜 일은 생겨난다. 언젠가부터 우리에게 채워진 입마개도 그중 하나겠지. 더워 죽겠는데 마스크는 써야 하고, 친구도 제대로 못 만나고. 답답하다. 싫다. 밉다. 짜증이 차오른다.

물론 그렇지만….

나이를 먹으면 성격도 변하는 걸까. 나는 요즘 내가 참 긍정적인 사람이 되었다고 생각한다. 예전에 비해서 나쁜 일, 힘든 일에 조금 관대해졌다고 할까? (예전에 비해서다. 예전에 비해서.) 순간적으로 고통스럽고 괴로울 순 있어도 그것을 길게 가져가진 않으려고 한다. 왜냐고? 그래 봤자 나만 힘들잖아. 뭐 하러 그렇게 살아. 웃고 떠들고 즐겁게 살기에도 시간이 부족한데… 뭐 이런 느낌? (물론 나쁜 일의 경중에 따라 타격(?)의 시간은 다르겠다만….)

하여간 내가 하고 싶은 말은, 도무지 어찌할 수 없는 나쁜 일이 생기더라도 거기에 죽자고 매달려 지지고 볶지 말자는 거다. 그럴수록 내 얼굴만 홀쭉해질 테니. (요즘 자꾸 얼굴 살이 빠진다. 늙어 보여. ㅜㅜ) 어느 작가의 책 제목처럼 힘들고 괴로운 일은 굳이 정면으로 돌파할 필요가 없다. 그냥 측면으로 슬쩍 흘려보내자. 소설 속 무림의 고수는 날아드는 검기에 일일이 대응하지 않는다. 툭툭 건드리면서, 그저 나를 피해 지나가도록 둘 뿐이다. 나 역시 이런 검술의 고수가 되고 싶다.

과연 내가 죽기 전에 '물 흐르듯이 사는 삶'을 살 수 있을지는 모르겠지만, 요래 살다 보면 어쩌면 그쪽 동네 근처까지는 갈 수 있지 않을까? 그러니까 내가 할 일은 분노하지 말고 좌절하지 말고 공격하지 말고 험담하지 말고 질투하지 말고! 그 대신 내가 가는 길을 사랑하고 함께 걷는 사람을 사랑하고 나보다 어려운 이들을 사랑하려고 노력하는 거다.

빡시게 해보자. 뭐가 거창해 보이지만 사실 안 해봐서 그렇지 못할 것도 없다. (오늘은 근자감으로 하얗게 불태웠다.)

# 거꾸로 수박바의
# 비밀

"아빠, 아이스크림 사러 가자."

아들내미는 요즘 '1일 1 아이스크림'을 실천 중이다. 밥 먹고 빵 먹고 아이스크림까지 먹고 살이 팍팍 찌면 좋으련만, 뼈땅구만 있는 가녀린 팔을 보니 밥은 대충 먹는갑다. 자꾸 밥 안 먹고 간식만 먹으면 안 된다고 했더니 자기는 밥 배랑 간식 배가 따로 있다나? 하여간 말 배우는 데는 선수다. 그래 이놈아. 아빠가 졌다. 아슈크림 사러 가즈아!

집 근처에 무인으로 운영하는 아이스크림 가게가 있다. 처음에는 저게 뭔가 싶었는데 '응응스크르'라고 읽어야 한단다. 매장 문을 열고 들어가니 남극이 따로 없다. 벌벌 떨면서 아이스크림을 골랐다. 내가 좋아하는 청포도 맛 무지바 10개, 아내가 좋아하는 붕어싸만코와 엔초, 그리고 아이에게 먹고 싶은 걸 고르라고 했더니 대뜸 수박바를 집어 든다.

오~ 수박바, 맛있지. 그러고 보니 먹어본 지 오래됐네…. 몇 개 더 집을까? 손을 뻗어 뒤적거리는데 그 옆에 조금 다르게 생긴 수박바가 보인다. 거꾸로 수박바? 이건 처음 보는데? 아하! ㅋㅋㅋ 거꾸로 수박바라니! 이 녀석이 왜 출시되었는지 대번에 알겠다.

(다들 알겠지만 굳이 언급하자면) 수박바는 말 그대로 수박을 잘라놓은 모양으로 윗부분은 파스텔 핫핑크색이고 아래 부분은 초록빛이다. 편의상 윗부분은 '핑크 존', 아래 부분은 '그린 존'이라고 하자. 핑크 존은 딸기 우유 맛 베이스에 작은 초콜릿 덩어리가 박혀 있고, 그린 존은 상큼한 사과 맛이다. 핑크 존을 먹을수록 조금씩 느끼해지다가 그린 존을 만나 기분이 좋아지는, 그야말로 찰떡같은 궁합이다.

누구나 한 번쯤은 겪어보셨을 테다. "한 입만 줘~" 하며 달려드는 원수 같은 놈들이 그린 존을 베어 먹었을 때 얼마나 큰 분노가 올라오는지. 그만큼 그린 존은 수박바의 꽃이요, 핵심이요, 화룡점정이다. 그런 수박바가 거꾸로 나오다니! 이건 정말 유레카다. 제품 개발 담당자가 천재가 아닐까 싶었다.

2만 원에 육박하는 아이스크림을 세 봉지에 나눠 담고 집으로 왔다. 고민의 여지도 없이 거꾸로 수박바를 꺼내 들었다. 포장을 벗겨내자 예상대로 초록색이다. 그린 존의 면적이 대부분이고 파스텔 핫핑크 존은 왜소할 정도로 아래쪽에 얇게 자리해 있다. 그렇게 한 입을 베이 물었다.

FEEL SO GOOOOOOD!!

어후~ 상큼해라! 평소라면 아끼고 아껴서 먹어야 할 그린 존이 이렇게 많다니! 너무너무 좋다. 와그작 와그작 아, 시원하다. 좋다. 맛있다. 그런데…

이럴 수가. 그린 존이 끝나갈 즈음, 끝없이 상큼할 줄만 알았던 사과 맛이 텁텁하다. 물린다고 해야 하나? 처음엔 좋았는데 먹을수록 불량 식품을 먹는 느낌. 더는 못 먹겠다고 생각할 즈음 갑자기 눈앞에 나타난 '핑크 존'이 한없이 눈부시다. 와, 이게 또 이렇게 되나? ㅋㅋㅋ

아시다시피 (일반) 수박바를 먹을 때는 핑크 존과 그린 존을 완전히 분리해야 한다. 섞이면 맛없다. 그래서 핑크 존을 마무리할 때는 그린 존이 상처받지 않도록 완벽하게 입을 놀려야(?) 한다. 그래야 그린 존의 맛을 온전하게 향유할 수 있다.

하지만 이제는 상황이 완전히 뒤바뀌었다. 정신을 차리고 보니 나는 고도의 집중력으로 거꾸로 수박바의 그린 존을 완벽하게 제거하고 있었다. 그리고 경건한 마음으로 핑크 존을 힘차게 베어 물었다.

와… 좐맛탱… 핑크 존이 이렇게 맛있었쒀?

거꾸로 수박바 덕분에 엄청 웃었다. 그런데 무슨 일이냐… 곰곰이 생각해보니 이게, 그냥 웃기만 할 게 아니구나 싶었다. (아무리 생각해도 내가 늙어서 그런 것 같다.)

• • •

사람 마음이 그렇다. 많은 건 하찮아 보이고 적은 건 귀하게 느껴진다. '희소성'이라는 경제학의 원칙은 우리 삶에서도 그대로 적용된다. 저렴한 수박바도 그러니 말 다했다. 평소에는 거들떠보지도 않던 수박바의 핑크 존이 소중해진 이유는 -희소성의 원칙처럼- 얼마 남지 않았기 때문이 아니었을까.

벌써 마흔둘. 40년을 대충 살았나 싶다. 아니, 대충은 아닌데 뭔가 흐릿하게 살았다. 무엇을 하고 싶은지도 모르고 그냥 하라는 대로 해왔다. 그래도 걱정하지 않았다. 아직 젊으니까. 나에게 주어진 시간은 아직도 넉넉하니까. 실제로는 그렇지도 않은데, 나는 마치 수박바의 핑크 존을 먹는 것처럼 그동안의 시간을 하찮게 흘려보낸 것만 같다.

　나는 앞으로 얼마나 더 살다 죽을까? 얼마 안 남았다고 생각하니 미친 듯이 시간이 소중해진다. 이제 남은 삶을 어떻게 살아야 할까? 핑크 존으로 살 것인가? 그린 존으로 살 것인가? 제기랄, 수박바를 먹다가 이렇게 진지해질 줄을 몰랐다.

내 남은 인생은 짧을 것이다. 수박바의 아랫부분처럼. 그러니까 아껴 먹고살자. 악담하는 게 아니라 적어도 그렇게 생각하며 살면 좋겠다. 얼마 남지 않았음을 알아차려야만 내게 주어진 시간을 훨씬 더 알차고 격렬하게 쓸 수 있을 테니까.

이런 주옥같은 얘기를 꼭 글로 써야겠다고 말했더니, 아내님께서는 억지로 갖다 붙여서 수박바 같은 소리 하지 말란다. ㅋㅋㅋ 그러면서 언제 적인지도 모를 슈퍼주니어 노래를 요상하게 흥얼거린다.

"로꾸꺼 로꾸꺼~ 로꾸꺼 말해말~." (저기요, 여기서 이러시면 안 됩니다.)

# 안경을 벗고
# 만난 세상

날이 춥다. 코로나19 때문에 마스크를 쓰는 게 일상화되면서 아이러니하게도 감기에 걸리는 일이 줄었다. 이런 날씨에 약간의 방한 효과도 있으니 마스크가 꽤 유용하긴 하다. 코로나19 상황이 나아지더라도 마스크를 쓰는 문화는 당분간 계속되지 않을까 싶다.

  물론 답답하다. 특히 나처럼 안경을 쓰는 사람에게 마스크란 참으로 불편한 물건이다. 고리 줄이 안경에 겹치니 마스크를 벗을 때 안경도 같이 벗겨지기도 다반사. 하지만 무엇보다 짜증 나는 건 숨을 내쉴 때마다 안경에 김이 서려 시야를 방해한다는 점이다. 오늘처럼 추운 날에는 더 심하다. 퐁퐁을 떨어뜨린 물에 안경을 담가보기도 하고, 성에 방지용 액체를 사용해보기도 했지만 그때뿐이었고, 그마저도 까먹기 일쑤여서 마스크를 쓰고 밖에 나가면 늘 고생 아닌 고생을 했다.

오늘도 그랬다. 지하철을 타고 외근 가는 길. 코로나 환자가 급증했지만 어쩔 수 없으니 KF94 마스크를 착용하고 길을 나섰다. 역시나 조금만 걸었는데도 안경에 김이 서리기 시작한다. 숨소리가 격해지면서 눈앞이 점점 하얘진다. 안 보여. 미치겠네. 에라, 모르겠다. 이렇게 걸을 바엔 차라리 안경을 벗어버리자.

실로 오랜만이었다. 마이너스 시력인 내가 일부러 안경을 벗고 길거리를 걷고 있다니. 어쩌면 생애 최초의 사건일지도 모른다고 생각했다. 두꺼운 렌즈를 거치지 않고 내 눈에 들어온 광경은 참으로 생소했다.

눈앞에 펼쳐진 뿌연 세상. 모든 것이 흐릿하다. 내 옆을 지나가는 사람의 표정은커녕 얼굴조차 알아볼 수 없다. 커다란 형체만 옆으로 스쳐갈 뿐. 그래도 안경에 김이 잔뜩 서린 것보다는 나았다. 대충은 보인다. 그러니 앞으로는 갈 수 있다. 세상은 비록 아웃포커싱을 한 사진의 뒷배경처럼 흐리멍덩했지만 신기하게도 그 느낌이 전혀 나쁘지 않았다.

시야에서 많은 것이 사라졌다. 사람, 건물, 자동차, 길가의 나무들까지. 어차피 보이질 않으니 관심을 가질 필요가 없다. 저기 지나가는 사람은 어떠네, 여기 은행이 있었나?, 내가 평소에 타고 싶던 자동차가 지나가네. 굳이 이런 생각을 할 필요가 없겠다고 생각하니 뭔가 세상으로부터 자유로워진 기분이 들었다. 하하. 안경 하나 벗었다고 자존감이 올라가는 것 같은 너낌적인 이 너낌은 뭐지? 생뚱맞지만 괜히 즐겁다.

그러다 문득 느낄 수 있었다. 나는 그동안 참으로 많은 '바깥의 것'에 관심을 가지며 살았다는 것을. 내 안의 것도 돌보지 못하면서 쓸데없는 곳에 신경 쓰며 에너지를 낭비하고 있었다는 것을. 바깥으로 향하는 시선을 닫자 신기하게 내가 보이기 시작했다. 나를 둘러싼 것들을 차단하고 나니 내 안의 것들이 조금씩 나타나기 시작했다. 동시에 타인의 시선과 평가에 길들어 나를 제대로 돌아보지 못했다는 것도 뼈를 맞은 듯 인정할 수밖에 없었다.

삶의 기준이 바깥에 있었으니 별것도 아닌 일로 상처받고 다른 사람의 인정에 목말라하며 자신을 괴롭히고 있었던 게 아니었을까. 처음으로 안경을 벗고 걸었던 서울의 거리에서 온전히 숨을 쉬며 앞으로 나아가던 나를 만났다. 무척이나 반가웠고, 고마웠다. 세상은 여전히 뿌옇고 흐리멍덩하지만 나는 조금 더 또렷하게 나를 만나려고 한다. 조금 느리지만 용기를 가지고 걸어볼 테다.

## | 엑스레이

동네 병원에 들렀다. 의사 선생님께 교통사고 영상을 보여주고 엑스레이를 찍었다. 다행히 뼈에는 이상이 없다. 다만 목 부위에는 디스크가 있을 듯하다며 관리를 잘하라고 하셨다. 거북목에다 어제부터 목덜미에 통증이 있어 어느 정도 예상은 했건만 직접 들으니 맘이 안 좋다. 수술해야 할 수준은 아니라니 열심히 챙겨야겠다.

진료를 받으면서 모니터에 띄워진 엑스레이 사진을 봤다. 시커먼 배경에 조각조각 이어진 뼈마디, 골반과 척추, 어깨와 쇄골, 목뼈를 지나 둥그런 두개골과 이빨까지. 저것만 보면 누군지도 모르겠다. 방금 찍었으니 내 몸뚱이가 분명할 텐데 왜 이렇게 생소하게 느껴지던지. 꼬맹이 때 부르던 '아이고 무서워~ 해골바가지' 노래가 절로 생각난다. (아재라서 그래요. 아재라서.)

내 속을 마주할 때 생소한 기분이 드는 건 비단 엑스레이뿐만이 아니다. 내시경 검사를 마치고 위와 대장 사진을 마주할 때도 그렇다. 이게 정말 내가 맞나 싶을 정도로 생경하게 느껴질 수밖에. 분명 내 모습이지만 보려고 하지 않거나 자주 볼 수 없으니까 그렇다. 매번 의식하며 살지 않지만 내 몸속에서는 뼈와 근육, 그리고 여러 장기가 이 험난한 삶을 이어가려고 오늘도 무지막지하게 열심히 일하고 있었다. 물론 나는 내가 어떤 상태인지 모르니 건강한 삶을 위해 생활 습관만큼 속을 자주 들여다보는 것도 중요하다. (건강검진을 빼먹지 말라는 뜻이다.)

문득 생각했다. 그렇다면 마음도 마찬가지가 아닐까? '속을 보는' 행위는 분명 마음에도 필요하다. 우리는 과연 마음을 들여다보는 일에 얼마나 큰 노력을 기울이고 있을까. 내가 무슨 생각을 하는지, 무엇을 원하는지 진심으로 자신과 이야기해본 적이 있는가? 아니, 그러려고 노력해보긴 했나? 부끄럽지만 그런 적이 없다.

몸속을 보는 것과 다르게 마음속을 살피는 데는 별도 장비가 필요하지 않다. 마음의 렌즈를 끼우고 그저 집중하면 된다. 조성모 형이 부른 가시나무 노랫말처럼 내 속에는 내가 너무도 많다. 하루에도 무수히 많은 감정과 생각이 다녀간다. 눈을 감고, 그 복잡한 마음의 바닷속 깊은 곳에 웅크리고 있는 진실한 소리를 들어보고 싶다. 아마도 그건, 내가 이 글을 쓰는 진짜 이유가 될 것이다.

나는 무엇을 원하는가? 나는 어떤 인생을 살고 싶은가? 삶의 목표를 찾으려 글을 쓰기 전에 내 마음에도 엑스레이를 찍어봐야겠다. 아니다. 그거 가지고는 안 되겠다. 시간과 노력이 좀 더 들더라도 MRI나 CT 검사를 꼭 해야겠다. 그러다 보면 보이지 않던, 들리지 않던 마음의 실체가 튀어나올 수도 있을 테니까.

하루에 한 번, 나는 내 속에 있는 녀석과 만나기로 했다.

## 아쉬우면
## 아쉬운 대로

온 동네가 벚꽃 잔치 중이다. 대로변이고 골목이고 할 것 없이 하얀 꽃잎이 나풀거리며 사람들의 마음을 설레게 한다. 길어봤자 1~2주 인데, 그마저도 주말에 비 소식이 있어 더욱더 짧게 느껴지는 올해 의 벚꽃 시즌이다.

결국 비 때문에 캠핑장 예약을 취소했다. 작년부터 아이에게 말했 던, 올해는 꼭 벚꽃 아래에서 캠핑을 하자던 약속을 지킬 수 없게 되 었다. 아쉬운 대로 퇴근하자마자 아내와 아이를 데리고 나왔다. 일 단 벚꽃이 많은 주차장이라도 찾아보자. 동네 치킨 집에서 달달구리 콤보를 포장했다. 아파트촌을 지나 아담한 광교 숲속마을로 향했다. 우리 동네가 짱인 줄 알았는데 여긴 훨씬 더 예쁘다.

　때마침 벚나무 근처에 주차되어 있던 진회색 쏘나타가 볼일을 다 봤는지 횡 하고 빠져나간다. 역시 난 주차 운이 좋아. 멀리 갈 것도 없다. 이곳이 우리 가족의 벚꽃 캠핑장이다.

　차 안에 작은 테이블을 펴고 도란도란 둘러앉았다. 치킨을 힌 입

베어 물었다. 오우. 겁나 베리 딜리셔스! 맥주를 먹지 못해 아쉬웠지만, 창문 밖으로 보이는 벚꽃 향기에 취한 채 알딸딸하게 콜라를 들이켰다. 장자의 꿈에 나비가 날아다녔다는 이야기처럼 내가 벚꽃이 되었는지 벚꽃이 잠깐 내가 되었는지 모르겠다. 아주 잠깐이었지만 그때의 기분은 분명 그랬다.

그래. 이만하면 되었다. 반드시 벚나무 아래에서 텐트를 치고, 흐드러진 꽃잎을 보며 고기를 굽지 않아도 괜찮다. 중요한 건 사랑하는 사람과 함께 보고, 먹고, 즐거워하는 시간이다. 한 시간도 안 되어 끝난 우리의 동네 차박 나들이는 짧았지만 강렬한 여운을 남겼다. 아이는 집에 들어가기 싫다며 여기서 자고 가잔다. (넌 왜 그러니.)

세상사 마음대로 되지 않아도 괜찮다. 아쉬우면 아쉬운 대로 나는 행복해질 방법을 찾을 테니까. 다 쓰고 나니 어느 영화(=〈인터스텔라〉)의 포스터가 또 떠오른다. 이것도 병이라면 병일 테다.

# 할머니,
# 저 이번에
# 내려요

외근 나가는 전철 안, 출입문 옆에 반쯤 기대어 스마트폰으로 글을 쓰던 중 문밖을 보니 웬 할머니 한 분이 서 있다. 출입문은 이미 닫혔는데, 열린 스크린 도어와 문 사이에 할머니가 있어 위험천만한 상황이었다. 냅다 소리를 질렀다.

"할머니! 뒤로 물러나세요!"

내 목소리가 들리지 않는지 할머니는 계속 출입문을 두드리고 있었다.

"뒤로 가시라고요!"

몇 번을 소리쳤지만 할머니는 요지부동이었고 결국 출입문이 열렸다.

할머니가 전철 안으로 들어오며 말했다.

"늙었다고 맨날 무시만 하고. 내가 뭘 잘못했다고 그래?"

투덜대는 할머니를 보며 자리를 피하려고 했는데, 대뜸 나에게 할머니가 물었다.

"이게 어디 가는 거유?"

"네? 할머니 어디 가시는데요?"

"나는 청량리에 가야 혀."

"아, 그러면 잘 타셨어요. 이거 타고 종로3가에서 내리셔서 1호선으로 갈아타시면 돼요."

"난 잘 모르겠어. 청량리에 가야 하는데…."

다시 차근차근 설명했다.

"할머니, 여기 위에 지도 보세요. 지금 우리가 여기 고속터미널이거든요? 이쪽으로 가다가 여기 종로3가 나오지요? 여기서 내리시면돼요. 그리고 사람들한테 한 번 더 물어보셔야 해요. 갈아타야 하니까요."

"그려요. 알겠슈."


할머니와 몇 정거장을 함께했다. 할머니는 중간중간에 나를 힐끗힐끗 쳐다보셨다. 무언가 더 물어보려던 것 같았는데, 민망하고 미안해서 참고 있는 듯했다.

"할머니, 어디서 내리는지 아시죠? 제가 이따가 여기 을지로3가에서 내릴 거예요. 그러니까 할머니는 저 내리고 문 닫히면 그다음에 내리시면 돼요. 아셨죠? 그리고 사람들한테 청량리 간다고 꼭 물어보세요. 아셨죠?"

"내가 자꾸 까먹어. 미안해요."

할머니의 표정이 조금은 밝아졌지만 나는 왠지 모르게 눈물이 날 것만 같았다.

을지로3가. 내려야 할 시간이다. 할머니께 다시 한 번 말했다.

"할머니, 저 이제 내리니까 다음 역에서 꼭 내리세요. 아셨죠? 조심히 가세요."

"고마워요. 총각." (마스크 덕분이다.)

외근을 마치고 돌아오는 길. 브런치를 뒤적거리다 어느 작가의 글을 봤다. 우연의 일치일까. 그의 글도 할머니 이야기였다. 작년에 돌아가신 외할머니 생각에 눈물이 났고, 이제는 할머니가 되어버린 우리 엄마 생각도 났다. 그리고 아까 전철에서 출입문을 두드리던 할머니의 얼굴이 떠올랐다.

할머니는 청량리까지 잘 가셨을까? 을지로에서 내린 게 내심 마음에 걸린다. 그냥 청량리역까지 모셔다드리고 올 걸 그랬다.

# 이것 또한
지나가리라

2003년 3월 31일.

봄이 왔다. 미세 먼지 한 점 없던 하늘은 더없이 푸르렀고 햇살은
따사로웠다. 모든 것이 완벽한, 아주 좋은 날이었다. 피부에 와닿던
공기의 감촉까지 생생한 날. 마치 여러 번 본 영화 속 한 장면처럼 특
별하게 남아 있는 날. 그날은 바로 '제대하던 날'이다.

드디어 끝났다! 안 보일 것 같았던 2년 2개월의 군 생활에 마침표를
찍었다. 한반도 모양의 예비역 마크를 달고 위병소를 걸어 나오는데
친하게 지내던 후임병이 근무를 서다 말고 나를 부른다.

"권 병장님~ 그동안 수고하셨지 말입니다! 돌격~!"

그러고는 장난을 반쯤 섞어 받들어총*을 해준다. 안 그래도 올라
간 입꼬리가 다시 하늘로 향한다. 고마운 녀석. 부대 앞 문방구 사장
님과 분식집 아주머니께 인사를 했더니 고생했다며 등을 토닥여준
다. 고마운 분들. 작은 시골 터미널에 앉아 빠삐코 아이스크림을 까
먹었다. 조금 있으면 서울 가는 버스가 올 것이다. 나 인제 집에 갑니

다요. 난생처음 느껴보는 아주 좋은 기분. 잃었던 자유를 되찾은 스파르타쿠스의 용사들처럼 내 몸과 마음에는 엔도르핀과 아드레날린이 흘러넘친다.

* '받들어총'은 총을 들고 하는 경례다. 주로 공식 행사에서 높은 분에게만 한다. 그러므로 병사가 '받을어총'을 받을 일은 거의 없다.

생일도 종종 까먹고 지나가는 내가 전역일을 잊지 않는 이유는, 그만큼 군대가 나에게 꽤 강려크한 시간으로 남아 있기 때문이다. 수십 년 전 월남에 다녀오신 아버지는 입대일은 물론이고 배에 올랐던 날도 기억한다고 하시니, 대부분 남자에게 군대란 좋든 싫든 '특별한 순간'으로 남아 있을 테다.

　나의 군 생활은 정확히 789일 동안 이어졌다. 이등병 때 만난 고약한 고참(선임병)은 여지없이 내 눈을 가리며 물었다.

"뭐가 보이냐?"

"아무것도 안 보입니돠!" (이등병이니까 소리 질러!)

"그게 니 남은 군 생활이야. 이 XX야. 알겠냐?"

"예알게쑵니돠!" (붙여서 말해야 함 ㅋㅋ)

"알겠으면 가 인마!"

"예알게쑵니돠! 22" (나쁜 놈 시키)

그나마 2월을 세 번 겪어서 남들보다 하루 이틀이 짧았다. 참으로 행운이 아닐 수 없다. (하하) 나는 논산 훈련소와 가평 야수교를 거쳐 8사단 오뚜기 부대에서 운전병으로 복무했다. 당시 8사단은 운전병에게도 행군을 시킨다고 하여 야수교 교육생들에게 대표적인 비선호 부대였다. 동기 중에 나 혼자만 오뚜기에 걸렸으니 하여간 재수는 오지게도 없다.

　나 혼자 비선호 부대에 배치된 것도 억울했는데, 떠돌던 소문은 거짓이 아니었다. 제기랄. 정말 많이 걸었다. 나 운전병인데? 전쟁 나면 차 몰고 출동하라며? 근데 왜 이렇게 많이 걸어야 할까? 살려줘…. 신세 한탄할 틈도 없이 물집으로 불어 터진 발에 실을 꽂아넣었다. 한 번에 천 리를 걷는다는 해병대에 비할 바는 아니겠지만, 대충 계산해봐도 500킬로미터는 넘게 걸었으니 어디 가서 행군 좀 했다고 말해도 괜찮겠지? (ㅠㅠ)

설상가상으로 내무반 생활은 행군보다도 빡셌다. 고참들은 틈만 나면 후임병을 못살게 굴었다. 주말에도 군기를 잡는다는 명목으로 온종일 '시간 통제'를 당했다. 통제가 발동되면 그때부터는 아무것도 못하고 각을 잡고 앉아 있다가 시키는 일만 해야 했다. 가뜩이나 없는 자유마저 빼앗기고 나면 내가 왜 이렇게 살아야 하나 몇 번이고 고민했다. '라떼는 말이야'가 꼰대들의 언어라지만 그때는 참으로 힘든 날들의 연속이었다.

하지만 시간이 흘러 상병 말 호봉쯤 풀리기 시작한 군 생활은 병장 계급을 달자마자 확실히 편해졌다. 바깥세상(?)에 비할 바는 아니지만 자유롭게 할 수 있는 일이 많아졌다. 와… 힘들긴 했지만 잘 견디고 버티니까 이런 날도 오긴 하는구나.

그때 나는 처음으로 '시간의 위대함'을 체험했다.

살다 보면 알게 된다. 세상에는 내 힘으로 해결할 수 있는 문제보다 그렇지 않은 게 훨씬 더 많다고. 아무리 노력해도 좋아지지 않는 일이 부지기수다. 나라는 존재가 정말 무기력하다고 느껴질 정도로 참고 기다려야 하는 경우도 있을 테다. 내겐 군대가, 특히 이등병 일병 시절이 그랬다. 이럴 땐 답이 없다. 시간이 해결해줄 때까지 버텨야 한다. 그러다 보면 결국 끝난다. 마치 매서웠던 겨울이 봄 햇살 앞에 와르르 녹아내리듯이.

힘들고 암울했던 군대의 기억은 이제 안줏거리가 되었다. 여자들이 제일 듣기 싫어한다는 ① 군대 얘기와 ② 축구 얘기, 그리고 ③ 군대에서 축구한 얘기 정도는 누가 시키지 않아도 온종일 풀어드릴 수 있다. 시간은 괴로웠던 일조차 즐거운 추억으로 만들어버린다. 심지어 이제는 그때가 그립기도 하다. 물론 다시 군대에 가라면 한참 생각해봐야겠지만…. (100억 원쯤 준다면 한번 생각해볼게^^.)

그리고 지금.

코로나19로 몸살을 앓은 지도 벌써 2년이 지나간다. 작년 이맘때, 이 더운 여름에 마스크까지 어떻게 쓰고 사냐고! 한탄하며 버텨냈던 날들을 생각하면 아직도 인중에 땀이 찬다. 두 번째 여름은 마스크를 벗고 지내리라 기대했건만, 우리는 아직 갈 길이 멀다.

현실은 여전히 괴롭다. 암울하다. 학교에 가지 못하는 아이들도, 그 아이들을 집에서 돌보는 이들도, 텅 빈 가게를 지키는 자영업자들도, 마음 놓고 식당에 가지 못하는 손님들도 모두 힘든 나날을 보낸다. 현장에서 바이러스와 싸우는 의료진이나 원치도 않는 병에 걸려 격리된 환자들은 말할 것도 없다. 모두가 힘들고, 모두가 괴롭다.

하지만 나는 시간의 힘을 믿는다. 국방부 시계를 아무리 거꾸로 매달아놓아도 흘러가듯, 코로나로 힘겨운 지금의 날들도 언젠가는 끝날 것이다. 그러니까 답답하더라도 우리 마음속에 있는 긍정의 힘을 잃어버리지 않았으면 좋겠다. 거리 두기와 위생 수칙을 지키고 내가 할 수 있는 일을 묵묵히 하면서 기다리다 보면 머지않아 우리가 그토록 그리던 일상으로 되돌아갈 수 있지 않을까. 반드시, 꼭! 그렇게 되었으면 좋겠다.

사람은 배우고 적응하는 동물이다. 이제 우리는 자연이 가르쳐준 '평범한 날들의 소중함'을 절대로 잊지 않게 되었다. 머지않은 미래에 마스크를 벗고 동네 공원을 산책하며 '그때는 참 힘들었지'라고 추억하길 간절히 바란다. 행복하기 그지없던 2003년 3월 31일의 기분을 다시 한번 느껴보고 싶다.

## 제 페이스는요

초여름에 시작한 달리기가 (다행스럽게도) 지금까지 이어지고 있다. 특별한 사정이 없으면 2~3일에 한 번꼴로 뛴다. 요즘은 날이 좋아서 퇴근하자마자 가방을 던지고 운동복으로 갈아입는다. 이렇게 좋은 날에는 무얼 해도 기분이 나겠지만, 특히 달릴 때의 느낌은 최상이라고 말할 수 있겠다.

늘 그렇듯 가벼운 스트레칭과 5분 걷기(웜업)를 끝내고 본격적으로 달리기 시작한다. 규칙적으로 달린 지 넉 달이 넘었지만 여전히 달리기는 힘들다. 그래도 예전에 비한다면 장족의 발전이다. 페이스만 잘 유지한다면 30분 정도는 쉬지 않고 달릴 수 있으니까.

장거리 달리기에서는 페이스 조절이 중요하다. 며칠 전에는 1킬로미터 페이스를 6분 안쪽으로 당기고 싶어 평소보다 조금 빠르게 뛰었다가 금세 지쳐버렸다. 덕분에 마지막 5분은 거의 기어오다시피 했다. (ㅜㅜ) 쭈구러너 아재(=나)는 겁을 잔뜩 먹은 채 '살금살금' 뛰고 있다.

"달리기에서는 페이스가 아주 중요합니다. 우리 인생도 그렇습니다. 지난 시간을 돌아보면, 과도한 욕심을 부릴 때 항상 좋지 않은 결과가 나오곤 했습니다. 자신의 페이스대로 꾸준히 달려 나가는 게 어쩌면 가장 중요한 일이 아닐까요?"

달리던 중 이어폰에서 트레이너의 목소리가 들렸다. 우연의 일치였는지 오늘따라 페이스 이야기가 나온다. 인생의 페이스라… 그나저나 감동이네. 아재 갬성에 취해 또 눈망울이 꿈틀거린다. 아무리 생각해도 런데이 회사에 글 잘 쓰는 작가님이 한 분 계신 것 같다. 오늘도 달리다가 울 뻔했다.

조금은 수월했던 러닝을 마치고 기록을 보니 오늘의 평균 페이스는 6분 21초다. 몇 달간 달려본 결과, 컨디션이 아주 좋을 때를 제외하고는 나에게 맞는 페이스는 6분 초반대인 것 같다. 5분대로 달릴 때는 늘 막판에 힘들었다. 그런데 생각해보니 웃기다. 나는 왜 이렇게 페이스에 집착하고 있을까?

사실 6분이나 5분이나 별반 다를 바 없다. 대회에 나갈 것도 아닌 사람이 왜 이렇게 기록에 신경을 썼나. 인스타그램에 올리는 달리기 인증 내역에 5분대 페이스를 보면 다른 사람들이 그걸 보고 감탄할 것 같아서? 아니면 천천히 대충 달렸다고 생각할까 봐 부끄러워서?

야, 인마. 정신 차려.

달리기를 시작한 이유를 잊어버렸다. 인증? 자랑? 이딴 것들 때문이 아니었다. 나는 건강한 삶을 위해 달린다. 그러니까 그깟 기록은 하나도 중요하지 않다. 내 컨디션에 맞춰서, 나의 페이스대로, 나에게 가장 자연스러운 속도로 뛰면 된다.

인생도 똑같지 않을까 생각했다. 사실 나는 내게 맞는 페이스가 무엇인지 몰랐다. 그저 남들보다 우월하다는 착각을 하며 살았다. 제 깜냥도 모른 채 앞으로 달려가기만 했다. 적당한 자신감을 넘어 과도한 욕심과 자만에 빠져 허우적댔다. 지난날을 돌아보니 나는 제 페이스도 모른 채 속도만 올려보겠다고 무리하게 뜀박질을 하던, 어리석은 러너였다.

쓸데없이 페이스만 올리니 부작용만 늘어갔다. 친했던 이들은 조금씩 멀어졌고, 나도 모르게 타인에게 크고 작은 상처를 주고 있었다. 지나고 보니 그랬다. 나는 아무것도 모른 채 앞만 보며 달리던 사람이었다. 대체 무엇을 위해서였을까.

이제야 나는 조금씩 내게 맞는 페이스를 찾고 있다. 나이를 먹어서 그런 걸까. 물 흐르듯 자연스러운 속도로 살고 싶다는 생각을 많이 하게 된다. 다툼과 마찰보다는 이해와 포용을 좋아하는 사람이 되고 싶다. 앞만 보며 빠르게 뛰기보다는 옆 사람과 충분히 대화를 할 수 있는 속도로, 주변의 멋진 풍경도 감상할 수 있는 속도로, 내 마음에 넉넉한 공간이 생겨날 수 있는 속도로 살아가고 싶다.

# 하루를
## 즐겁게 버티는 법

버티기로 시작한 글의 마무리를 어떻게 해야 할까 오만 가지 걱정을 했다. 사람들이 내 글을 읽고 과연 무엇을 얻어 갈 수 있을까? 아니, 성공과는 거리가 먼 일개 직장인이자 쭈구렁 아재(=나)의 이야기에 공감이나 해줄까? 이쯤 되니 스스로 젖은 낙엽 껍딱지 존버 전문가라 칭했던 게 얼마나 부끄러운지 모르겠다.

여전히 나는 삶이라는 전쟁터 한가운데 서서 하루하루 제 한 몸 건사하려 애쓰고 있다. 매일 아침 수백 번씩 반복되는 고민 속에서 힘겹게 몸을 일으키고, 치이는 업무와 각종 윽박과 스트레스에 멘털이 탈탈 털린다. 잘 지내는 것 같다가도 갑자기 훅 들어오는 원투 펀치에 크고 작은 상처를 받기도 한다.

엄살 조금(많이) 보태서 쓰러지기 일보 직전이지만, 나는 절대로 무너지지 않고 기어코 하루를 살아낸다. 물론 이건 당신도 마찬가지. 그러니까 이 어려운 걸 매일매일 해내며 사는 우리는 진짜 대단

한 사람들이다. (꽃 중의 꽃 자기합리花를 다시 한번 꺼냈다.)

• • •

힘들다. 어쩌겠노. 버텨야지.

흐드러지던 벚꽃 뒤로 중증 월요병에 시달리던 날, 즐겁게 버티는 방법이 어디 없을까를 고민했다. 언제 시작되었는지도 모를 그 기나긴 터널의 탈출구를 찾기 위해 글을 썼다.

'좋은 것만 보고, 좋은 생각만 하면서 살아라.'

아이에게 해주는 말을 나 자신에게도 건네며 마음속에 호랑이 기운이 뿌리내리길 기도했다. 그렇게 보낸 시간을 뒤로 맺음말을 적고 있는 지금, 나는 분명 달라졌다.

이 책을 쓰면서 얻은 가장 큰 소득은 '버틴다, 견딘다'가 곧 '잘못되었다'를 의미하지 않음을 알게 되었다는 점이다. '나는 지금 불행한 삶을 힘겹게 버티고 있어', '언젠가는 이 현실을 벗어날 거야', '그때까지 조금만 더 버티자'라고 했던 굴레가 하나씩 허물을 벗듯 녹아내렸다.

We are still fighting.

인생은 힘들다. 삶은 누구에게나 괴로움을 준다. 그래서 우리는 늘 버티고, 이겨내고, 극복한다는 마음으로 살아간다. 하지만 그게 전부가 아니라는 말을 꼭 하고 싶었다. 버티는 와중에도 충분히 삶의 기쁨과 즐거움과 행복과 희망을 찾아낼 수 있다. 버텨낼 수밖에 없는 상황이라면 최대한 '즐겁게' 버텨야 한다.

내가 선택한 처방전은 '여기'에 집중하고, '지금'에 최선을 다하며, 그 속에서 보석 같은 순간을 찾으며 하루를 버텨내는 거다. 생각보다 어렵지 않다. 마음먹기에 따라 내가 만나는 세상이 달라지는 소중한 경험을 여러분도 꼭 해보시길 바란다.

　이쯤 되니 분명해진다. 삶은 원래 힘든 거였다. 그러니까 우리, 조금씩만 더 '즐겁게 힘들도록' 노력해보자. 그만두고 싶지만 그만둘 수 없는 나와 당신의 즐거운 버티기를 열렬하게 응원한다!

# 버티고 있어도
## 당신은 슈퍼스타

드디어 원고를 마쳤습니다. (그와는 별개로…)

15년의 직장 생활 이래 가장 바쁜 날들을 보내고 있습니다. 회사에서 새로운 프로젝트를 맡아 진행 중인데요, 진짜 엄청나게 힘듭니다. 새벽 5시 반에 일어나 출근해 온종일 시달리다 9시쯤 퇴근합니다. 나름대로 중요한 역할을 맡아 마음도 꽤 부담스럽습니다. 자연스럽게 엄청난 강도의 스트레스가 들러붙습니다. 고작 며칠 만에 몸도 마음도 헬 오브 더 헬이 되어버렸습니다. (후아… ㅜㅜ)

네, 맞습니다. 힘들어 죽겠습니다. 마음 같아서는 당장이라도 그만두고 싶습니다. 그런데 그럴 수가 없습니다. 저는 아직 준비가 되지 않았습니다. 먹고사는 문제 앞에서 저는 늘 약한 사람이 됩니다. 마음이 아프지만 어쩔 수 없이 또 버텨야 합니다.

존버 전문가라고 스스로 말했던 게 화근이었을까요. 와… 진짜, 요 며칠만큼 '버틴다'는 말을 몸소 체험한 적이 있었을까 싶습니다. 신은 감당할 수 있는 만큼의 시련을 주신다는데, 지금 저는 그 신님을 원망하기 직전입니다. 하여간 다행히 아직 무너지지 않고 있습니다. '젖은 낙엽', '이것 또한 지나가리라', '존버 정신' 등 갖가지 도움이 될 만한 말을 마음에 심고 살아내는 중입니다.

• • •

일과 시간은 종료되었지만 계속해서 야근이 이어집니다. 배가 고파 인근 식당에서 저녁을 먹었습니다. 곧바로 들어가기 싫어 잠시 바깥을 걸어 봅니다. 처진 어깨가 거의 바닥에 닿기 직전입니다. 간신히 요 녀석들(=어깨)을 부여잡은 채 발걸음을 옮기고 있습니다. 그때,

브런치에서 알람이 울렸습니다.

'○○○님이 댓글을 남겼습니다.'

어라, 처음 보는 분인데…. 궁금함을 못 참는 성격이라 재빨리 스마트폰을 열었습니다. 예전에 웃자고 써 놓은 글(이 책의 한 꼭지기도 합니다)에 장문의 댓글이 달려 있었더랍니다.

'작가님 안녕하세요. 퇴근길에 지하철에서 우연히 작가님의 브런치를 보게 되었어요. 오늘은 제가 정말 힘든 날이었는데… 작가님 글 읽으면서 하하 호호 웃다가 정신을 차리고 보니 마음이 찡한 게, 이걸 어떻게 표현해야 할지 모르겠지만 아무튼 댓글을 남겨야겠다고 생각했어요. 온종일 받았던 스트레스가 단번에 날아간 느낌입니다. 힘이 되어주셔서 감사합니다. 좋은 글 써주셔서 고맙습니다.'

아… 작가 주제에 감히… 댓글 하나에 또르르 눈물이 흐릅니다. 여보세요… 지금 저도 죽을 지경이거든요. 그런데 별 볼 일 없는 글 하나에 힘을 얻으셨다는 독자님의 멘트에 그저 감사하고 오히려 제가 위로를 받은 것 같은, 말로 표현하기도 어려운 감동이 물밀듯이 몰려왔습니다. 얼마나 감사한지 모르겠습니다. 힘듦의 구렁텅이에서 허우적대던 저를 갈고리로 콕, 찍어서 구해주셨습니다. 정말 단비와도 같은 귀중한 시간이었습니다.

얼굴도 모르는 독자님의 한마디 덕분에 저는 다시 힘을 냅니다. 견디기 힘들 정도의 압박과 스트레스를 받고 있지만, 저는 또다시 버티기로 합니다. 제가 좋아하는 글쓰기 덕분에 호랑이 기운을 얻었거든요. 물론 입에서 자꾸 욕이 나오는 건 어쩔 수가 없…. (ㅜㅜ)

나이를 먹으면서 아재의 눈물샘도 깊어지나 봅니다. 자꾸만 눈물이 납니다. 얼마 전에는 달리기를 하면서 질질 짜더니, 오늘은 눈만 감았을 뿐인데 왜 이러는지 모르겠습니다. 힘든 하루도 이렇게 지나가는 중입니다. 저는 여전히 울고 웃으며 잘 살고 있습니다.

오늘도 늦게 끝날 것 같습니다. 몇 시간 후 오늘의 '버티기'가 끝나면 저는 집으로 돌아갑니다. 저를 USB라고 부르는 친구 같은 아내와 유튜브 보면 안 되냐고 물어대는 아들 녀석이 집에서 기다립니다. 이제는 압니다. 하루를 버티고 돌아와 가족과 함께 지지고 볶는 그 짧은 시간이 얼마나 소중한지를요.

아하 그렇구나… 이제야 어렴풋이 짐작이 갑니다. 이 험한 세상을 버텨낼 수 있는 힘의 원천이 무엇인지를 말입니다. 왜 멀리서만 찾으려고 했을까요. 왜 먼 미래만 쳐다보고 있었을까요. 계속 제 옆에 있었는데 말이죠.

지금 집에서 저를 기다리는 아내와 아이, 고향에 계신 부모님, 아끼는 친구와 동료들, 같은 목표를 향해 달려가는 작가님, 그리고 변변찮은 글을 읽고 응원해주시는 독자님들, 그리고 그들과 함께하는 모든 소중한 순간들… 결국 나를 버티게 하는 건 '내가 사랑하는 존재들'이라는 걸 조금씩 깨닫습니다.

더 많이 사랑해야겠습니다. 더 깊게 살아내야겠습니다. 더 넓게 보며 삶의 보석을 열심히 찾아내야겠습니다. 그러면 버티는 것 따위는 일도 아닐 겁니다.

오늘도 '버티기 한판'에 성공하신 여러분, 정말 수고하셨습니다. 우리, 조금만 더 즐겁게 버텨봅시다.

진짜 끝.

그만두고 싶지만 그만둘 수 없는 어느 직장인의
젖은 낙엽 껍딱지 존버 에세이

# 버티고 있어도 당신은 슈퍼스타

**1판 1쇄 인쇄** 2022년 4월 8일 | **1판 1쇄 발행** 2022년 4월 18일

**지은이** 권수호

**발행인** 신수경
**디자인** 디자인 봄에 | **마케팅** 용상철 | **종이** 아이피피 | **제작** 도담프린팅
**발행처** 드림셀러
**출판등록** 2021년 6월 2일(제2021-000048호)
**주소** 서울 관악구 남부순환로 1808, 615호 (우편번호 08787)
**전화** 02-878-6661 | **팩스** 0303-3444-6665
**이메일** dreamseller73@naver.com | **인스타그램** dreamseller_book

**ISBN** 979-11-976766-2-8 (03810)

• 책값은 뒤표지에 있습니다.

※ **드림셀러는 당신의 꿈을 응원합니다.**
드림셀러는 여러분의 원고 투고와 책에 대한 아이디어를 기다립니다. 주저하지 마시고 언제
든지 이메일(dreamseller73@naver.com)로 보내주세요.